Giuseppe Rudisi

Carne umana

MNAMON

Indice

PRESENTAZIONE

Questo libro raccoglie alcuni miei racconti scritti di recente. Segue la pubblicazione del mio romanzo d'esordio "Un film già visto" che ha conseguito due importanti premi letterari e il riconoscimento di tanti lettori che hanno voluto restituirmi un loro giudizio molto positivo.

Dedicarmi ai racconti è stato per me un vero percorso di crescita artistica. Viviamo una realtà dove velocità e sintesi sono un aspetto imprescindibile. Ho scoperto che in un racconto, può rimanere integro il respiro e la profondità di un buon romanzo; il vantaggio è che il lettore può guadagnarci in termini di freschezza e immediatezza.

Me ne sono convinto quando ho scoperto le opere di Alice Munro. È un'autrice che ho iniziato a leggere nel 2013 quando, a sorpresa, ha vinto il Premio Nobel. Di lei mi aveva colpito il particolare che fosse una scrittrice quasi esclusivamente dedicata alla stesura di racconti non necessariamente brevi.

Grazie a lei ho trovato l'ispirazione per cimentarmi in questa soluzione narrativa che, con sorpresa, mi ha permesso di generare storie e personaggi calati in percorsi narrativi intensi e pieni di suggestione.

Non posso negare che la mia vena creativa sia stata stimolata dai vari concorsi letterari dove ho iscritto alcune delle mie opere. I numerosi premi conseguiti (ben tre primi posti nelle varie sezioni di narrativa inedita) mi hanno dato la carica giusta per raccogliere in questa pubblicazione il meglio del mio lavoro per consegnarla al giudizio dei lettori nella speranza che possa coincidere con quello delle giurie che lo hanno già premiato.

In questo mio lavoro il lettore potrà rivivere vicende reali legate a figure note come Mario Soldati, Giorgio Ambrosoli, Enzo Tortora, Aldo Moro e Peppino Impastato, avrà anche la possibilità di conoscere personaggi dei nostri giorni come le viaggiatrici di un autobus in "Carne Umana" o gli studenti che vivono a debita distanza la Guerra delle Falkland.

L'autore

Le Passanti

(tratto da "Canzoni" di Fabrizio De Andrè 1974)

Io dedico questa canzone
ad ogni donna pensata come amore
in un attimo di libertà
a quella conosciuta appena
non c'era tempo e valeva la pena
di perderci un secolo in più.

A quella quasi da immaginare
tanto di fretta l'hai vista passare
dal balcone a un segreto più in là
e ti piace ricordarne il sorriso
che non ti ha fatto e che tu le hai deciso
in un vuoto di felicità.

Alla compagna di viaggio
i suoi occhi il più bel paesaggio
fan sembrare più corto il cammino
e magari sei l'unico a capirla
e la fai scendere senza seguirla
senza averle sfiorato la mano.

A quelle che sono già prese
e che vivendo delle ore deluse
con un uomo ormai troppo cambiato
ti hanno lasciato, inutile pazzia,
vedere il fondo della malinconia
di un avvenire disperato.

Immagini care per qualche istante
sarete presto una folla distante
scavalcate da un ricordo più vicino
per poco che la felicità ritorni
è molto raro che ci si ricordi
degli episodi del cammino.

Ma se la vita smette di aiutarti
è più difficile dimenticarti
di quelle felicità intraviste
dei baci che non si è osato dare
delle occasioni lasciate ad aspettare
degli occhi mai più rivisti.

Allora nei momenti di solitudine
quando il rimpianto diventa abitudine,
una maniera di viversi insieme,
si piangono le labbra assenti
di tutte le belle passanti
che non siamo riusciti a trattenere.

"*Le passanti*" è una canzone di Fabrizio De Andre tratta
da "*Les passantes*" di Georges Brassens (1921 – 1981), che
a sua volta è un adattamento dell'omonima poesia di
Antoine François Pol (1888 - 1971)

Uno scopone scientifico con Mario Soldati

Riconoscimenti letterari:

7 aprile 2016 - primo premio assoluto "Premio internazionale AUPI 2016 trofeo Città di Milano"

7 luglio 2016 – diploma di merito "Premio letterario internazionale Citta' di Sarzana 2016" Ass.ne Culturale Poeti Solo Poeti Poeti

Negli anni ottanta, appena superati i miei vent'anni, non ritenevo particolarmente stimolante vivere in una città di provincia come La Spezia. C'era il mare, i libri, le ragazze e qualche concerto rock al Teatro Monteverdi, tuttavia, nulla di quello che allora accadeva riusciva a coinvolgermi pienamente. Sognavo altri luoghi: Parigi, che immaginavo ancora frequentata da pittori e scrittori, Londra e New York piene di attori, registi e rockstar. Era quello il mio "sentiment" dell'epoca. Oggi, con il senno di poi, posso ritenere che mi sbagliavo; quello che allora vivevo era comunque appagante, se non altro, avevo vent'anni e quell'età non ritorna.

A quei tempi ero molto attento a ciò che succedeva nel mondo. M'interessavo di tutto: cronaca, politica, sport, letteratura, spettacolo e molto altro. Avrei desiderato incontrare molti personaggi che, in quel momento, erano sotto i riflettori mediatici. Mi sarebbe piaciuto confrontarmi direttamente con loro: obiettare alcune delle loro tesi, porre domande o suggerire nuovi argomenti per un eventuale approfondimento. Una delle celebrità dell'epoca era Mario Soldati. Ne ero molto incuriosito e affascinato. Non solo perché era un grande e geniale personaggio di cinema, letteratura e spettacolo. Ero particolarmente interessato a lui soprattutto perché viveva poco distante dalla mia città. In età matura si era trasferito nel borgo di Tellaro, dove aveva vissuto fino alla sua morte. In quell'incantevole luogo, abbarbicato sul mare, molto spesso, rilasciava interviste a giornali e TV. Riceveva visite di personaggi famosi, anche stranieri, che poi, si aggiravano indisturbati e incantati tra i carruggi del paese. Alcuni tellaresi erano certi di aver incontrato il regista Bernardo Bertolucci in compagnia di quel grande poeta che era suo padre e, addirittura, Robert De Niro abbracciato a un'affascinante attrice americana, non meglio identificata. In quei lidi era di casa anche Stefania Sandrelli, nuora dello scrittore che, a ogni Pasqua, si recava a messa, nella chiesetta sugli scogli, portando con sé delle uova di gallina da far benedire dal parroco in ossequio ad una vecchia tradizione versiliese. Ritenevo quella vicinanza geografica con Soldati una grossa opportunità. In qualsiasi momento, se avessi voluto, avrei potuto sfruttarla per conoscerlo di persona. Accarezzando dentro di me questa eventualità avevo approfondito la sua produzione artistica ripercorrendone le vicende personali tra gli Stati Uniti e l'Italia, prima e dopo l'ultima guerra. Avevo letto due suoi romanzi: "La sposa americana" e "La confessione", mi erano piaciuti molto. Ero riuscito, grazie ad un videoregistratore, programmato alle tre di notte, a incidere su nastro tre suoi veri gioielli del cinema d'autore assolutamente introvabili: "Piccolo mondo antico", "Malombra" e "La Provinciale".

Più scoprivo la sua eclettica produzione artistica più ne ero attratto. Dalla lettura di alcune sue interviste appresi che era una persona molto abitudinaria e metodica. Tutte le mattine si recava nella piazzetta principale di quel delizioso borgo sul mare per farsi radere nel minuscolo salone dall'anziano barbiere del paese. Sbarbato e profumato rincasava con un fascio di giornali sotto il braccio, amorevolmente selezionati dalla signora che gestiva il bazar nella piazza. Finalmente mi decisi. Un giorno d'estate, di prima mattina, raggiunsi Tellaro per appostarmi davanti all'edicola adiacente al negozio del barbiere. Avevo con me "44 novelle per l'estate". È una raccolta di racconti che avevo acquistato per corrispondenza insieme a "55 novelle per l'inverno". Avevo già iniziato a leggerle una a una, avevo già annotato alcune domande su quelle ambientate proprio in quella terra della Liguria di Levante.

Soldati non lo avevo mai visto di persona, la sua figura e il suo viso mi erano familiari per via dei frequenti servizi fotografici e televisivi che venivano diffusi. Ritenevo fosse impossibile non poterlo riconoscere. Sapevo che era un uomo anziano, in pieno vigore fisico, discretamente alto e longilineo, con capelli bianchi piuttosto lunghi e un paio di caratteristici baffi che gli imprimevano un'aria distinta e fiera. Attesi un bel pezzo ma, di lui, nessuna traccia. Il barbiere, a quell'ora senza clienti, ascoltava la radio e ogni tanto si affacciava a scrutare il cielo azzurrissimo di quella luminosa mattina di luglio. Quando, anche a causa del caldo incombente, decisi di abbandonare la mia postazione, vidi avvicinarsi una persona che mi sembrava lo scrittore. Appariva diverso da come me lo ero immaginato, i baffi, il viso e dei pantaloni stravaganti, sorretti da vistose bretelle rosse, mi fecero presupporre che fosse inequivocabilmente lui. Mi precipitai verso quell'uomo porgendogli la penna e invitandolo ad apporre una sua dedica sul volume della sua opera. A quell'approccio il signore mi guardò incredulo. Ero andato dritto allo scopo senza chiedere una minima conferma che egli fosse realmente Mario Soldati. Lui, appena comprese la situazione, mi sorrise divertito dichiarando di non essere la persona che io credevo. A fronte del mio improvviso smarrimento, per consolarmi, aggiunse che non era la prima volta che qualcuno lo scambiava per il famoso artista. Per un attimo pensai che mi stesse prendendo in giro e che fosse realmente lui. Il vero Soldati era notoriamente un burlone e, in quel momento, supponevo si stesse divertendo alle mie spalle recitando la parte di un suo improvvisato sosia. Quello però insistette, mi congedò bruscamente borbottando delle parole in stretto dialetto locale. Difficilmente un piemontese come Soldati sarebbe stato capace di pronunciarle. Che figura! Mi sentivo un cretino. Chiuso il libro, riposta la penna già pronta per il suo autografo non mi restò che rifugiarmi sugli scogli sottostanti quella piazza e, tra un tuffo e un'immersione in quel mare profondo, continuare a leggermi, una ad una, quelle gustose novelle.

Dopo quella goffa esperienza abbandonai le mie velleità di rapportarmi con lo scrittore. Il caso volle che, qualche anno più tardi, frequentassi con assiduità proprio Tellaro. Un giorno, nel contesto di una relazione amorosa nata e sviluppata in quel borgo fatato, accadde qualcosa d'imprevedibile che riguardava proprio Soldati.

Una delle leggende che circolavano sulle sue abitudini locali era la passione per lo scopone scientifico. A serate fisse, invitava dei suoi conoscenti nella villa sul mare per disputare memorabili partite che duravano fino a notte fonda. Nel giro di quei giocatori c'erano anche Achille e Mario. Il primo era un ingegnere che abitava tutto l'anno in quel borgo. Non ricordo se esercitasse la professione o insegnasse in qualche scuola. Era una brava persona: "...tutto casa e chiesa". Sempre vestito a modo, anche d'estate, quando ciabatte e calzoncini corti erano il look prevalente in quel luogo marino. Lo ricordo in particolare per quel paio di occhialoni da vista che cingevano il suo viso gentile e pulito. Mario era invece un illustre professore universitario che, a quell'epoca, viveva Tellaro solo d'estate. Insigne studioso di filosofia antica, scriveva libri e partecipava a convegni internazionali. Era brillante ed estroverso. Più che le sue doti accademiche, quello che di lui non smetteva mai di stupirmi era quando, sul fare della sera, lasciati i suoi studi, si recava a pesca di polpi. Calzava antiquatissime pinne con relativa maschera e s'immergeva nelle acque della scogliera per visitare tutte le buche e gli anfratti. Era armato di una semplice fiocina arrugginita dal manico corto. Non c'era giorno che non tornasse dalle sue incursioni con almeno una di quelle prelibate prede attorcigliate nel ferro di quella rudimentale ma efficace arma letale. Anch'io ero bravo ad andare sott'acqua. Giuro però che, pur visitando le stesse rocce sommerse che bazzicava il professore, non sono mai riuscito a scorgere un polpo nel fondale. L'unico che ero riuscito a catturare l'avevo acchiappato da terra, con le nude mani, mentre si era appeso esausto su uno spunzone semisommerso di roccia durante una mareggiata in scaduta.

Quella sera i due giocatori erano in crisi. Mancava il quarto giocatore per lo scopone scientifico già fissato con lo scrittore. Li conoscevo entrambi da tempo. Mentre ero seduto al tavolino di un bar, sondarono una mia eventuale conoscenza di quel gioco, un po' fuori moda per quei tempi, nonostante un film di Alberto Sordi di qualche anno prima ne avesse rilanciato il fascino. Li rassicurai, ero molto abile perché era tra i più praticati durante le feste natalizie della mia famiglia. Manifestai così piena disponibilità per quella partita serale.

Non stavo più nella pelle. Entro poche ore mi sarei ritrovato al cospetto di uno dei più grandi scrittori italiani viventi. Avrei potuto manifestargli tutta la mia ammirazione, elencargli i suoi libri che avevo letto e i film che avevo visto, avrei potuto chiedergli delle sue amicizie, delle attrici che avevano lavorato per lui come Alida Valli e Sophia Loren. Presto sarei entrato nella sua casa e avrei giocato a carte proprio con un artista che rappresentava un'esperienza di vita umana e artistica che percorreva molta parte del secolo in corso.

Era già buio quando entrammo in quella villa leggendaria costruita sugli scogli, in tempi in cui permessi e licenze edilizie si ottenevano con estrema facilità. Fummo introdotti da una domestica in un grande salone poco illuminato situato sullo stesso livello del giardino.

Dalla parte del mare si accedeva a un piano rialzato da cui si sviluppava il reparto notte e le altre stanze della casa. I miei due soci presero posto nel tavolo da gioco già allestito con un impeccabile tappeto verde. Per lo scrittore era rimasta libera la sedia al mio fianco.

Lo aspettammo per più di un quarto d'ora. Comparve all'improvviso da un'uscita laterale. Era indiscutibilmente Soldati. Impugnava con la mano destra una bottiglia di vino con un'etichetta molto originale. Salutò i suoi due amici che approfittarono di quel momento per presentarmi a lui. Nello stringermi la mano che gli porsi goffamente in preda ad un'indicibile emozione, mi regalò un sorriso molto severo. Volle subito rassicurarsi che fossi un giocatore di scopone scientifico all'altezza di quel tavolo. Dichiarai di essere abile ma, quel preambolo, mi fece temere di non essere adeguato a quei tre giocatori così esperti e appassionati. Mentre Achille aveva recuperato un apribottiglie in un cassetto della credenza, lo scrittore tesseva le lodi di quel vino bianco proveniente da una famosa zona vinicola. Mi appariva un po' troppo retorico nel descrivere quella bontà. Con il senno di poi non posso che ritenerlo un precursore di quella cultura enologica un po' leziosa, molto diffusa in questi ultimi anni. A quei tempi era importante che il vino fosse genuino e ce ne fosse in abbondanza, il resto erano tutte chiacchere.

Soldati era impaziente di iniziare la partita. Cominciammo subito. Ero in coppia con Achille, i due Mario erano i nostri avversari. Per fortuna non toccò a me distribuire per primo le carte perché mi resi conto che io interpretavo l'incipit di quel gioco in modo diverso da loro tre. Anziché distribuire a ciascuno dei giocatori dieci carte, ne distribuivano nove, le quattro rimanenti le ponevano scoperte in tavola a disposizione di quello che per primo doveva calare la prima carta. Ero allibito. Che modo era di interpretare quel gioco? Vuoi mettere l'ansia di chi deve calare la prima carta dovendo scegliere quella meno probabile per essere catturata dal secondo giocatore? Non nascosi che trovavo molto più appropriato, oltre che divertente, giocare con il metodo che ritenevo più ortodosso: dieci carte a testa e nessuna in tavola. Achille mi guardò sconsolato, quasi deluso di avermi invitato in quel consesso mentre i due Mario non replicarono alcunché alla mia considerazione. Forse erano troppo intenti a studiare e sistemare le carte che avevano in mano. Un po' di tempo dopo feci una ricerca in biblioteca (internet non era ancora stato inventato) e scoprii che avevano ragione loro. Lo scopone scientifico prevede l'uso di nove carte in mano per giocatore con quattro calate in tavola, il mio metodo era una variante poco diffusa.

La partita intanto procedeva in modo equilibrato. Come prevedevo con quelle regole era più difficile riuscire a fare scopa. Servirono molte mani per avvicinarsi al punteggio prefissato che, una volta raggiunto, avrebbe dato la vittoria a una delle due coppie. I due Mario erano molto affiatati, si scambiavano impercettibili segnali che si traducevano in giocate tese a favorirsi reciprocamente nel conquistare il punto della primiera o quello di denari. Con il mio compagno non c'era modo di comprendersi. Lui, se gli trasmettevo un segnale, lo interpretava al contrario di quel che intendevo, lo stesso valeva per me. Comunque i punteggi progredivano per entrambe le coppie in modo lineare. L'ultima mano cominciò molto male per me e Achille, finimmo subito sotto scopa. In quel gioco, se ne si subisce una, è molto probabile che ne seguano altre. Fu proprio così. Nonostante ci fossimo garantiti i punti di carte, settebello e denari, per effetto delle scope subite, perdemmo quel giro e anche la partita. Soldati era raggiante. Rilassatosi da quella tensione agonistica, si complimentò con me, per come avevo condotto le giocate. Commentò tardivamente la mia originaria osservazione circa le regole del gioco. Sostenne che lo scopone scientifico si gioca con quattro carte scoperte in tavola: non sono ammesse alternative. Non ebbi il tempo di obiettare, mi stava riempiendo il bicchiere di quel vino un po' mosso che aveva così esaltato prima della partita. Su sua richiesta mi invitò ad esprimerne un giudizio: non poté che essere eccellente. Per me, anche oggi, il vino è sempre buono purché non sappia né di aceto né di tappo.

All'improvviso Soldati si ricordò di qualcosa. Borbottando parole incomprensibili si alzò dal suo posto per recarsi rapidamente in una stanza del piano rialzato. Lo tenevo d'occhio, aspettavo il momento buono per sottoporgli le mie domande. Tornò subito dopo con un libro in mano. Mentre si avvicinava, riuscii a leggere il titolo e l'autore. Capii subito, era il libro-inchiesta di Corrado Stajano intitolato: "Un eroe borghese", dal sottotitolo "Il caso dell'Avvocato Ambrosoli assassinato dalla mafia politica".

Giorgio Ambrosoli era un commissario liquidatore incaricato dalla Banca d'Italia di monitorare la Banca Privata Italiana, di proprietà di Michele Sindona, sull'orlo di un crack finanziario. Costui, all'epoca, era uno stimato e autorevole banchiere ma, in seguito, si scopriranno tutti i crimini da lui commessi in Italia e negli Stati Uniti dove era in stretto contatto con i più noti boss mafiosi locali. Tra i suoi innumerevoli reati, il più efferato era stato proprio l'organizzazione dell'omicidio di Ambrosoli. Per neutralizzare quell'uomo probo non avevano avuto successo ricatti, intimidazioni e tentativi di corruzione. Lo avevano fermato solo con quattro colpi di pistola sparati nel luglio del 1979 da un sicario appositamente giunto dall'America, prima che il marcio da lui scoperto su Sindona e sui suoi protettori, potesse divenire di dominio pubblico.

Soldati posizionò quel libro sul tavolo verde e precisò che gli era stato recapitato in giornata, proprio dall'autore. Era fresco di stampa ma non era stato ancora distribuito nelle librerie. Confessò candidamente di non sapere chi fosse quell'avvocato, anche se il suo nome non gli era nuovo. Achille si ricordava che era una vittima di uno dei tanti attentati dell'epoca, ritenendo erroneamente che a ucciderlo fossero state le Brigate Rosse. Quell'inizio di discussione fu per me un invito a nozze. Mi era noto tutto quello che allora si potesse pubblicamente conoscere su quel vile attentato. Lo avevo ben distinto dal filone del terrorismo politico eversivo che, in quegli anni di piombo, colpiva con cieca ferocia uomini politici e servitori dello stato. In quel contesto di morti ammazzati, dove il rapimento e l'esecuzione di Aldo Moro e della sua scorta ne erano stati il culmine, era facile mimetizzare un crimine di ben altra natura per nascondere una verità scomoda che stava venendo a galla per merito di un uomo, lasciato solo nell'adempimento del suo dovere. Per fortuna allora esisteva anche un giornalismo che riusciva a distinguere i fatti e a informare chi credeva nella verità e nella giustizia. Da quel marciume, venuto fuori grazie al sacrificio di Ambrosoli, seguì una lunga scia di sangue: la morte in carcere nel 1986 dello stesso Sindona, per via di un caffè avvelenato, e di Roberto Calvi, altro noto banchiere legato alla loggia massonica P2, che verrà trovato impiccato sotto il ponte di Blackfriars sul Tamigi.

Raccontai quel che sapevo di quella vicenda con molta precisione, entrai in alcuni particolari quali l'assenza delle cariche dello Stato ai funerali di Ambrosoli e chi fosse il principale referente politico di Sindona che, moltissimi anni dopo, in un'intervista televisiva, ebbe la spudoratezza di affermare: "…in fondo Ambrosoli se l'era andata a cercare…". Soldati ascoltava attento. Si rammaricò di non aver ancora colto la portata di quell'evento così emblematico. Mi assicurò che la notte stessa si sarebbe dedicato alla lettura di quel saggio. Chiese maggiori notizie sui miei studi e i miei interessi, lodò il mio grado di conoscenza di vicende così complesse. Ebbi finalmente modo di partecipargli la mia ammirazione per il suo lavoro artistico citandogli le opere che avevo approfondito. Finalmente rispose alle domande che volevo porgli, già preparate da qualche anno. Nel congedarmi da lui capii che era il libro su Ambrosoli, in quel momento, ad attirare tutta la sua attenzione; mentre lo salutavo notai che era già aperto e lui, con uno sguardo apprensivo, stava già leggendo la prefazione.

NdA: "Un eroe borghese" fu la prima e forse più completa inchiesta pubblicata nel 1991 sulla vicenda Ambrosoli. Per la regia di Michele Placido, nel 1995, fu poi realizzato un film tratto dell'opera di Corrado Stajano che porta lo stesso titolo. Alla memoria di Giorgio Ambrosoli nel 1999 fu riconosciuta la medaglia d'oro al valor civile e molti comuni gli hanno intitolato strade e piazze. Per quell'omicidio Sindona fu condannato all'ergastolo nel 1986.

"...Io non sono innocente, sono estraneo!"

Riconoscimenti letterari:

12 novembre 2017 – Secondo Premio Assoluto "Premio Internazionale Agenda dei Poeti 2017 - Trofeo Città di Milano.

...Ero preparata. Mio padre era un'altra storia, un'altra persona. Ognuno risponde alla sua coscienza. No strumentalizzazioni. Non posso accettare questi paragoni, mio padre ha sempre rispettato i giudici, ha risposto alle loro domande e si è sempre presentato.

In questi giorni cade l'anniversario della sua morte: purtroppo devo constatare che non riposerà mai in pace finché qualcuno continuerà a strumentalizzare questa vicenda...

Gaia Tortora, 12 maggio 2013
(Post pubblicato sull'account personale Facebook)

«Eccone un altro!»

Ho sussurrato queste tre parole appena captata una notizia dalla TV sintonizzata sul telegiornale del mattino. Stavo vagando per le stanze di casa alla spasmodica ricerca del mio accappatoio. Come al solito, finita la doccia, non lo trovo mai al suo posto.

«Eccolo!»
Mi accorgo che il mio dispettoso e, in questo momento, indispensabile indumento è placidamente appeso da ieri mattina sullo stenditoio del terrazzo dell'appartamento nel quale abito da solo. È ancora umido per avervi penzolato tutta la notte. Lo indosso velocemente nonostante i brividi di freddo che sto provando sulla mia schiena al contatto con il tessuto rinsecchito dal gelo mattutino.

Con il cappuccio mi sfrego i capelli ancora zuppi per poi iniziare ad asciugarli con il phon. Mentre scruto allo specchio la mia immagine di cinquantenne navigato, rifletto sul servizio del telegiornale che ho appena ascoltato e che ha provocato quella mia esclamazione di disappunto. Stanotte hanno arrestato un noto chirurgo molto celebrato dai giornali di gossip. È stato incriminato per aver commesso qualcosa d'irregolare in sala operatoria nei confronti di una donna che si era sottoposta a un intervento ginecologico. Il suo avvocato, al microfono della telegiornalista, ha dichiarato che il suo cliente è completamente innocente ed è stato trattato come "un novello Enzo Tortora", anche lui vittima di un'oscura macchinazione ordita ai suoi danni dalla parte lesa.

È proprio l'accostamento a quell'uomo che mi ha irritato oltre il dovuto. Non è la prima, non sarà l'ultima volta che delle persone, anche famose, appena finiscono nei guai con la giustizia, si appropriano indebitamente dei panni di quel noto giornalista e presentatore televisivo che, purtroppo, visse sulla sua pelle, oltre trent'anni fa, un'assurda, quanto drammatica vicenda giudiziaria.

Non sopporto questa indebita forzatura! In particolare quando proviene da uomini politici o da potenti di turno com'è appena successo in quest'ennesimo caso. Sarò retorico o banale, ma se fossi un membro del Parlamento, presenterei un disegno di legge che preveda una pena severa per chiunque si permetta di accostare il proprio caso giudiziario a quello che subì Enzo Tortora.

Quel noto presentatore televisivo, appena rievocato a sproposito dal legale di questo noto chirurgo, visse sulla sua pelle un tragico calvario giudiziario e mediatico a fronte d'infamanti accuse che lo costrinsero al carcere preventivo, culminato in un'umiliante e pesante condanna in primo grado finché non venne a galla la sua totale innocenza ed estraneità.

Perché questi reiterati accostamenti a quello che fu definito il caso Tortora m'indignano in modo così viscerale nonostante siano passati tanti anni da quelle vicende?

Quel 17 giugno del 1983 quando, al culmine della sua carriera televisiva, arrestarono il giornalista, ne rimasi stupefatto. Ricordo quel caso quasi come fosse ora. Guardavo e riguardavo incredulo quelle immagini televisive rimaste nella storia d'Italia. Lui compariva con le manette ai polsi, in mezzo a due impeccabili carabinieri mentre veniva dato in pasto a una famelica orda di fotografi e troupe televisive convocate preventivamente per suscitare il maggior clamore possibile su quel maxi blitz anticamorra che registrava ben 876 mandati di cattura

Ancora oggi ne sono convinto, in quel momento bastava osservare quella foto che fece il giro del mondo per capire, "sine ulla dubitatione", che lui non poteva essere, neanche lontanamente, un affiliato alla camorra e, addirittura, un trafficante di droga. Quel suo sguardo pulito e quell'espressione stupita che solo una persona onesta poteva esprimere ne erano la prova provata, anche se mi era chiaro che nei tribunali, allora come oggi, contano i riscontri oggettivi non le sensazioni o le impressioni.

A quei tempi non ero un fan di Tortora e non amavo "Portobello". Quest'ultima era una trasmissione televisiva di straordinaria popolarità che registrava una media di oltre ventidue milioni di spettatori a puntata. Era piena di format innovativi ancor oggi utilizzati con successo da molti famosi personaggi televisivi. Lui la conduceva con straordinaria umanità e professionalità. Quel suo tendere al patetico, quell'esibizione di "casi umani" andava contro i miei gusti dell'epoca. Ammiravo tuttavia il coraggio di schierarsi palesemente dalla parte dei deboli e della gente comune denunciando abusi e sopraffazioni di cui, di volta in volta, i suoi ospiti erano vittime. Era proprio quello l'aspetto che più apprezzavo in Tortora. In quel periodo era una qualità piuttosto rara in una trasmissione televisiva ad alto ascolto, dove l'intrattenimento era depurato da qualsiasi passione civile o sociale. Lui faceva televisione nel modo migliore utilizzando tutto quel suo innato senso civico che l'aveva contraddistinto fino all'ultimo dei suoi giorni e che, in passato, per ben due volte, gli era costato l'allontanamento dalla Rai.

Ricordo in proposito un giudizio a caldo di Indro Montanelli:

"...da un'informazione di tipo tradizionale Tortora era diventato un pioniere di un giornalismo-spettacolo che tanta fortuna avrà negli anni successivi."

Dopo quel clamoroso arresto di cui fu vittima, cominciai a seguire con apprensione tutte le tappe di quella vicenda. Da studente di giurisprudenza ero piuttosto predisposto a seguire casi giudiziari che potevano fornirmi spunti di riflessione per il mio percorso accademico. In realtà non ero interessato al tecnicismo giuridico ma al caso umano di quell'uomo, un moderno Edmond Dantès, palesemente sopraffatto da una montagna di menzogne e calunnie di difficile decodificazione.

Divoravo articoli di giornali e servizi televisivi che inevitabilmente abbondavano in quei giorni e che contribuivano a rendere la sua immagine come quella di un mostro che predicava bene, ma razzolava molto male..., finalmente qualcuno era riuscito a smascherarlo!

In quel frangente l'aspetto che mi aveva maggiormente sorpreso era la reazione del suo pubblico, proprio quello che, fino al fatidico 17 giugno 1983, non si era perso nemmeno una puntata di Portobello. Dai commenti che giravano nei bar, nei negozi e sui tram ebbi chiaro che molti di loro gli avevano voltato le spalle ritenendolo un poco di buono, al pari di quei camorristi arrestati con lui nella stessa inchiesta giudiziaria. Le ragioni di questo improvviso disincanto collettivo erano molto semplici. Il sentire comune che si era cristallizzato in quei giorni era:
"…se un magistrato mette in galera una persona, in particolare una famosa, significa che ha in mano prove schiaccianti e inconfutabili…".

Non erano credibili interpretazioni alternative. Se lo avevano imprigionato significava che, sotto sotto, qualcosa di losco in quell'uomo ci doveva essere. Anche noti intellettuali dell'epoca la pensavano nello stesso modo:
"*Tempi durissimi per gli strappalacrime*", fu la dichiarazione di Giovanni Arpino. Quella di Camilla Cederna, nonostante in passato si fosse addirittura schierata a favore di Pietro Valpreda per la strage di Piazza Fontana, fu:
"*…se uno viene preso in piena notte, qualcosa avrà fatto…*".

Io non riuscivo a spiegarmi come la reputazione di quell'uomo, costruita in un'irreprensibile vita pubblica e privata, si fosse dissolta, come neve al sole, nel giro di una notte. Mi sembrava assurdo. Mi fu utile un'interpretazione piuttosto convincente rilasciata in quei giorni sempre da Indro Montanelli:
"*…Tortora era un personaggio di successo. Questo in Italia si paga. Il successo è un pericolo, è una croce. Altro che guai ai vinti. Guai ai vincitori!…*"
Questo clima prevalentemente colpevolista che si era instaurato era per me nauseante. Giornali e televisioni facevano a gara per propagarlo e amplificarlo. Demolire e

infangare un uomo perbene, spacciandolo per un camorrista e un trafficante di droga, faceva notizia. Creare miti per poi dissacrarli è ancora uno degli sport preferiti dalla stampa nazionale. I magistrati che avevano ordinato l'arresto, a più riprese, facevano trapelare dichiarazioni d'improbabili pentiti che raccontavano storie inverosimili e scoordinate tra loro. Tortora era descritto come un luogotenente della camorra al servizio diretto dei relativi vertici. La sua notorietà e le sue conoscenze erano il passepartout per far circolare la droga negli ambienti dello spettacolo e del jet set milanese. Fu persino dato credito a un sedicente pittore che, nascosto in un bagno di uno studio televisivo insieme alla sua consorte che aveva appena perso i suoi slip (proprio così!), sosteneva di aver assistito furtivamente a uno scambio di denaro con droga tra Tortora e degli sconosciuti.

Il dubbio che il presentatore fosse vittima di un complotto o di un errore giudiziario, fino a quel momento, non sfiorò quasi nessuno. La popolarità del presentatore assicurava all'inchiesta giudiziaria e ai giudici notorietà e attenzione mediatica. Le carte processuali erano coperte dal segreto istruttorio, era quindi difficile analizzarle e dubitare della loro fondatezza. Tra i pochi innocentisti si era comunque levata qualche voce autorevole: Giorgio Bocca, Leonardo Sciascia, Marco Pannella e altri noti intellettuali, dopo un primo momento di sorpresa, sostennero pubblicamente la sua innocenza.

Uno dei suoi più autorevoli testimonial, dopo neanche due mesi dall'arresto, fu Enzo Biagi. Egli pubblicò sulla Repubblica del 4 agosto 1983 un appello al Capo dello Stato. Con il dovuto rispetto verso la magistratura elencava una serie di perplessità sulla conduzione delle indagini e sulla gestione del prigioniero: "...*dalle conferenze stampa trionfalistiche, alla caccia all'uomo con cineprese al seguito, dal segreto istruttorio largamente violato, al numero degli arrestati e dei dimessi (…), gli avvocati di Tortora non hanno potuto leggere neppure i verbali degli interrogatori del loro assistito, ci sono periodici che hanno pubblicato i testi delle deposizioni dei due camorristi che lo hanno accusato. Chi glieli ha dati? (..) Signor Presidente, chi risarcirà Tortora di queste calunnie?(…)"*

Continuavo a essere strasicuro, nonostante questa imponente delegittimazione mediatica, che lui fosse completamente estraneo per tutte le accuse a suo carico. Ne ero convinto nonostante gli elementi giudiziari, fino a quel momento emersi, deponessero tutti a suo sfavore. Non potevo credere che un uomo così convinto delle sue idee, così pulito, così schierato contro i soprusi, l'arroganza e le menzogne nascondesse, così abilmente, una vita parallela, interamente dedicata al crimine, nelle vesti di autorevole affiliato a una delle peggiori associazioni criminali che ancora oggi infesta il nostro paese.

Saperlo rinchiuso in una cella in preda al dolore e allo sgomento per essere precipitato in quel labirinto kafkiano dove giudici e accusatori si prodigavano ogni giorno per rafforzare un castello accusatorio costruito sul nulla mi affliggeva. Sentivo una forte carica di solidarietà e affetto nei confronti di quell'uomo. Avvertivo forte il bisogno di fare qualcosa per lui, come minimo provavo la necessità di manifestargli la mia vicinanza. Fu così che dopo pochi giorni da quel 17 giugno del 1983 presi carta e penna e scrissi di getto una lettera, indirizzandogliela presso il carcere in cui ritenevo fosse detenuto.

A quei tempi le lettere si scrivevano a mano o a macchina e quindi non ho conservato nessuna copia di quella mia missiva. Ricordo di avergli raccontato ciò che in quel momento sentivo dentro di me: non credevo a nessuna delle accuse contro di lui, lo informavo che molti dei suoi spettatori, seppur in buona fede, lo ritenevano colpevole e lo esortavo a non mollare, affinché la sua indubitabile innocenza potesse venire a galla. Non ricordo se avessi provato a spiegargli perché ne fossi così convinto, forse non lo sapevo neanche io, la verità spesso si fonda su argomentazioni molto meno complicate di quel che può apparire: lui era semplicemente un uomo buono e quindi non poteva essere quel mostro che volevano farci credere. Forse allora ero un ingenuo, probabilmente lo sono ancora, ma sull'innocenza di Enzo Tortora avrei messo la mano sul fuoco.

Presumo che quella mia lettera lui non l'abbia mai ricevuta. Non ne ho mai saputo nulla. Non era mia abitudine scrivere lettere a chicchessia. Se per me, che allora ero un semplice studente di giurisprudenza, quel caso era così chiaro, perché non lo era stato anche per chi aveva a disposizione tutti gli strumenti giuridici e probatori necessari?

In quel suo calvario avevo ammirato la generosità di Marco Pannella quando gli propose di candidarlo per il Partito Radicale alle imminenti elezioni Europee. Ebbi così la soddisfazione di scrivere nella scheda elettorale il nome e il cognome del candidato Enzo Tortora, nella speranza che tanti, come me, facessero altrettanto e che potesse quindi essere eletto. Evidentemente non fui solo in quella scelta perché lui conseguì oltre mezzo milione di voti e divenne membro del Parlamento Europeo.

Ho poi seguito dai giornali il processo di primo grado e gli sforzi dei suoi eccellenti avvocati per demolire quel castello accusatorio che si basava su dichiarazioni di pentiti già detenuti senza il minimo riscontro oggettivo.

Non riuscivo a credere che, nonostante la pochezza di tali accuse e l'inattendibilità dei loro autori, nel giudizio di primo grado egli fosse condannato. Gli affibbiarono ben dieci anni di galera.

Durante quel primo processo lui era già stato eletto al Parlamento Europeo nelle file del Partito Radicale. Nonostante la giunta per le autorizzazioni a procedere di quell'assemblea avesse votato contro il suo arresto lui, in piena coerenza con quanto aveva dichiarato prima di essere eletto, rinunciò volontariamente all'immunità che gli era stata concessa con apposita votazione. Poteva rimanere un uomo libero a Strasburgo, invece si consegnò ai Carabinieri in Piazza del Duomo a Milano per tornarsene in prigione.

Quello fu un gesto di una dignità estrema, unico nel suo genere. Il contrario di quanto purtroppo avviene ancor oggi nel Parlamento Italiano dove, per accordi politici trasversali, l'immunità viene concessa alla maggior parte dei parlamentari indagati, indipendentemente dal tipo di reato ascrittogli.

Il 15 settembre del 1986 ho avuto la notizia della piena assoluzione di Tortora nel processo d'appello e poi nel 1987 anche in Cassazione. Ne sono stato molto felice; sentivo di essermi tolto un macigno che albergava nella mia anima di uomo libero fin dal momento del suo arresto. Trovai bellissima la sua ultima dichiarazione resa alla Corte prima del verdetto:
"...Io grido: sono innocente! Lo grido da tre anni, lo gridano le carte, lo gridano i fatti che sono emersi da questo dibattimento! Io sono innocente, spero dal profondo del cuore che lo siate anche voi..."
Ero davanti alla TV quando lui, finalmente da uomo libero, riprese a condurre quel suo "Portobello" che si era interrotto a causa dell'arresto. Ricordo a memoria quel suo

primo discorso dove ringraziava tutti coloro che gli erano stati vicini, dichiarava:

"*...di parlare anche per conto di quelli che parlare non possono, e sono molti, e sono troppi...*"

L'incipit di quella memorabile prolusione sono rimaste scolpite non solo nella mia memoria:

"*...Dunque, dove eravamo rimasti...!*".

Purtroppo le sofferenze fisiche e morali della sua detenzione avevano minato il suo corpo. Dopo quindici mesi dalla sua riapparizione televisiva, presto sospesa per l'incedere della sua malattia, morì di cancro. Qualcuno dei suoi accusatori era stato condannato per calunnia, compreso quel pittore e rispettiva signora. Quei giudici che lo avevano arrestato e giudicato colpevole sono purtroppo vivi e vegeti e hanno percorso splendide carriere.

Ecco, ora i miei capelli sono asciutti, ho riappeso il mio accappatoio sullo stendino del terrazzo di sala, dovrò ricordarmi di ritirarlo quando stasera tornerò a casa. Ora mi aspetta una giornata complicata. Nella mattinata ho il meeting con gli scenografi, nel pomeriggio avrò le prove in teatro con l'intera troupe di attori. Fra pochi giorni debutta il mio nuovo spettacolo su Nelson Mandela. Sembra tutto a posto, tuttavia mi sento ancora in alto mare. Un giorno porterò in scena qualche rappresentazione su Tortora. L'ho deciso proprio in questo momento, ripensando a quella lettera speditagli tanti anni fa e che avevo dimenticato.

Mi sono già vestito, sto facendo colazione seduto al tavolo di fronte alla tv ancora accesa. Trasmettono una nuova edizione del telegiornale. Rimandano lo stesso servizio sul chirurgo che ha riacceso dentro di me tutta la vicenda di Enzo Tortora. Ecco la stessa intervista all'avvocato del chirurgo che ho già visto mezzora fa. Mentre lui associa così platealmente il caso del suo cliente al giornalista, mi accorgo che stanno scorrendo immagini di repertorio non trasmesse nel precedente servizio. Si vede quel medico in compagnia di una nota soubrette in abiti succinti. Lo osservo per la prima volta, non sapevo neanche che esistesse. Ha una faccia che non mi piace. Chissà da che parte stava quel 17 giugno 1983?

All'ombra di una Renault Rossa

Riconoscimenti letterari:

9 Aprile 2018 Premio speciale della Critica Narrativa inedita Città di Pontremoli, Concorso di Letteratura a carattere internazionale - Edizione 2018

"Sirio 19" è la sigla del taxi che fra tre minuti mi raggiungerà nel luogo che ho appena indicato a un'affabile signorina del centralino dalla voce un po' roca.

È già arrivato! È in anticipo! Meglio! Mi sbrigherò prima, forse mi avanzerà del tempo per andarmene un po' al mare. In questa afosa giornata di luglio non c'è posto migliore di una spiaggia per refrigerarsi e fare una bella nuotata.

Mi accorgo che l'autista è una donna. Vista dal sedile posteriore dove mi sono appena accomodato, sembra anche carina. Ha dei lunghi capelli biondi sciolti sulle spalle, indossa una camicia con maniche corte e dei pantaloni neri. Appena chiudo lo sportello posteriore destro, si gira, mi guarda, in un attimo squadra ogni mio dettaglio forse per rassicurarsi che non sia un malintenzionato. Mi colpisce il bel sorriso che ha illuminato il suo volto nell'attimo in cui deve aver realizzato che appaio un normalissimo cliente anziché una potenziale minaccia per la sua incolumità. Chissà quante volte, svolgendo questo mestiere, si è trovata in situazioni imbarazzanti o pericolose.

Rivolta verso di me, mentre siedo nel lato posteriore destro dell'autoveicolo, continua a fissarmi. Il mio sguardo s'incrocia con il suo. Sembra che aspetti qualcosa. Sono colpito dalla lucentezza del suo viso che sembra toglierle molti anni rispetto alla sua apparente età anagrafica. Non è una ragazza. Dovrebbe essere più vicina ai cinquanta che ai quaranta. Anche se è seduta, percepisco che abbia un fisico asciutto e ben curato. Continua a fissarmi. Sta aspettando che le dica dove voglio andare. Accidenti! Non me lo ricordo! L'indirizzo della clinica per anziani dove ho un appuntamento di lavoro è registrato nella mia agenda elettronica. Avevo programmato di consultarla prima di salire su quel taxi. Non avevo previsto che giungesse così presto dopo la mia prenotazione telefonica. Uffa! Per recuperarlo mi tocca avviare il tablet. Digito la password e clicco il pulsante dell'agenda. Sta impiegando un po' troppo tempo per i miei standard. La connessione nel punto della città dove ci troviamo non sembra veloce. Finalmente possiedo l'indispensabile informazione da fornire alla bella e paziente tassista. Interrompo quel silenzio che si era instaurato tra noi:

"Mi scusi se l'ho fatta attendere, mi accompagna per favore in via Impastato, via Peppino Impastato numero civico 58."

Lei si volta ancora verso di me e mi guarda con occhi interrogativi. Mi sfodera un sorriso un po' beffardo. Mi dice:
"È sicuro? Il nome di questa via non l'ho mai sentito!"

Rispondo un po' piccato:
"Ne sono certo. È l'indirizzo di un centro sanitario che devo raggiungere per conto di alcuni clienti del mio studio, ha sede proprio in quella via, la nostra segretaria è molto efficiente non può essersi sbagliata."

Lei è sempre voltata verso di me. Noto che in questo caldo luglio la sua abbronzatura ha già raggiunto la doratura più elevata. Per un attimo me la immagino in un succinto bikini crogiolata dal sole sulla sabbia del bagnasciuga. Che fortuna poter abitare in una città di mare! Si può sfruttare la pausa pranzo per un tuffo dopo essersi stesi al sole più caldo oppure raggiungere la spiaggia quando, sul far della sera, la calca dei bagnanti si dirada, in modo da godersi le ultime ore di luce.

Mi guarda con un'aria di sfida. È sempre convinta che quella via nella città non esista. Insisto. Con riluttanza si mette a scartabellare un minuscolo stradario cartaceo molto usurato da frequenti consultazioni. Mi avvedo che sta cercando quella strada sotto la lettera P. Le suggerisco di provare sotto l'iniziale del cognome, accetta il mio consiglio, ma alla lettera I, non trova nessuna voce che riguardi Impastato.

Questa donna, anche se simpatica, in questa sua ricerca mi appare un po' imbranata. Noto che il tassametro è già avviato, realizzo che il costo di questi preliminari è a mio carico. Le chiedo in quale anno quello stradario, che sembra la sua Bibbia, sia stato stampato.
"Che ne so? È da quando ho rilevato questo taxi che lo uso, quindi sarà almeno del 2000!"

Dal tono della sua voce e dal fatto che mi parli senza girarsi verso di me, deduco che sia un po' seccata. Mi accorgo che appiccicato al parabrezza c'è un piccolo navigatore elettronico. Le suggerisco di utilizzarlo. Non è convinta, propende per la tesi che quella via non esista. Insisto di nuovo. Mi dà retta con scarsa convinzione, lo accende, avvia la procedura che deve collegare quel congegno al satellite. Il minuto che trascorre sembra più lungo di quel che appare. Finalmente può inserire il nome della città; lo fa senza successo.

Mi dice:
"Non mi prende Spezia, come mai?".

Le rispondo con tono ironico:
"Forse se digita La Spezia invece che Spezia quella scatoletta farà il suo dovere."

Dice lei:
"Ah è vero, mi dimentico sempre che noi spezzini per il resto del mondo non siamo di Spezia ma di La Spezia."

Non replico, quel dannato tassametro segna già otto euro e non siamo ancora partiti.

Il dispositivo satellitare compie finalmente il suo dovere. Dopo aver acquisito il nome ufficiale della città, cambia schermata e richiede la via e il numero civico. Lei lo digita velocemente, quel giocattolo elettronico lo accetta senza nessuna obiezione. Dopo pochi secondi appaiono i dati richiesti: la distanza, il tempo necessario per raggiungere la via selezionata e la direzione da prendere rispetto alla piazza che sorge sotto la moderna Cattedrale da dove ci stiamo allontanando. Avevo ragione io, ma intanto rilevo che il tassametro segna già 10 euro.

L'affascinante tassista ha una guida brillante e sicura. Al primo semaforo rosso si volta ancora verso di me, mentre mi guarda dritto negli occhi rompe un silenzio che durava da almeno due minuti:
"Questo coso lo tengo sempre spento. Me l'ha regalato il mio ex fidanzato ma non mi serve. Conosco molto bene questa città. Ci sono nata! Con il mestiere che pratico è molto difficile che non sappia trovare una strada, se ho qualche dubbio ricorro al mio vecchio stradario e, in un attimo, risolvo il problema."

Rimango in silenzio mentre la ascolto. Mentre si volta verso di me, nella penombra dell'abitacolo scorgo tra le pieghe del colletto della sua camicia l'incavo ben disegnato tra il collo e l'inizio della spalla. È un flash di femminilità corroborato da una timida apparizione della spallina del reggiseno color carne, dura un attimo per scomparire quando lei, dopo il verde, riprende la posizione di guida continuando a osservarmi dallo specchietto retrovisore. Sto per rispondere a quella sua considerazione ma lei, con tono un po' canzonatorio, mi precede:

"Comunque l'indirizzo corretto è Giuseppe Impastato, non Peppino, lei mi ha tratto in inganno, è per questo motivo che non riuscivo a trovare la via."

A quelle sue parole ricavo l'impressione che questa donna sia una di quelle tipe che vogliono risultare sempre irreprensibili. È quindi disposta ad arrampicarsi sugli specchi pur di non fornire al proprio interlocutore un'immagine impeccabile di sé.

Replico con tono piuttosto annoiato:
"Tutti i Giuseppe d'Italia hanno almeno quattro o cinque nomignoli che richiamano il loro nome per distinguerli tra di loro visto che, fino a non so quando, era quello più diffuso in Italia."

Mi risponde a razzo:
"Davvero? Non lo sapevo, non ne conosco tanti di Giuseppe, qui li chiamiamo Beppe, ha presente la statua ai giardini? Per noi è il monumento a Garibeppe non a Garibaldi."

Il riferimento a quell'imponente statua equestre mi ricorda quanto mi affascinasse da bambino osservare quel barbuto eroe dei due mondi scolpito con la spada sguainata, in sella a un enorme cavallo imbizzarrito. Ogni volta che i miei genitori mi portavano ai giardini per i giochi non perdevo occasione per osservarlo a lungo cercando di scorgere ogni suo dettaglio da tutte le angolazioni possibili.

Rispondo:
"Lo so. Anch'io sono di Spezia, anche se non vi abito da tanti anni. Ai miei tempi frequentavo il cinema Garibaldi, anche per noi ragazzini dell'epoca era il "Garibeppe". Ogni domenica vi proiettavano due film diversi. Noi en-

travamo alle due e mezzo del pomeriggio e uscivamo poco prima delle sette. Alla scena finale, quando finalmente l'eroe buono sconfiggeva l'antagonista di turno, oppure i due protagonisti, dopo mille peripezie, finalmente si baciavano con grande trasporto, in sala scoppiava il finimondo. In quei momenti topici noi ragazzini, completamente immedesimati nei personaggi della pellicola, urlavamo e applaudivamo invasati come se vivessimo realmente nel lontano far west o su un'isola infestata da pirati e bucanieri."

Lei, mentre rievoco quei miei ricordi, si gira più volte nonostante stia guidando in una strada molto trafficata, cerca il mio sguardo e quando lo incontra sfodera un sorriso di complicità; sembra molto divertita da quei miei frammenti di vita passata che le sto snocciolando. Si volta ancora verso di me nonostante il taxi sia accodato a un autobus; quasi volesse incoraggiarmi a continuare in quei racconti mi sussurra:
"Ah davvero! Non sapevo che esistesse un cinema Garibaldi, me ne ricordo tanti: l'Astra, l'Odeon, lo Smeraldo, il Diana, il Cozzani, il DDM, il Marconi e il Civico, ma quello no."

Sono molto sorpreso da quella sua rievocazione così puntuale dei cinematografi della città degli anni settanta, aggiungo:
"Complimenti! Che memoria! Anch'io li ricordo tutti, però non ha nominato il Monteverdi."

Mi risponde con prontezza:
"Era un teatro, non un cinema! Ci suonavano i gruppi rock e i cantautori, con mia sorella più grande sono andata a vedere Branduardi e Cocciante!"
"Davvero! Sapesse quanti ne ho visti di concerti in quel teatro così suggestivo! Ricordo Venditti, De Gregori, Dal-

la, De Andrè, la PFM e anche gli Inti Illimani. Erano imperdibili. Mi hanno detto che ha chiuso e che ora è diventato un garage. È vero?"

Con un velo di tristezza distintamente percepibile dal tono della sua risposta mi dice:
"Si è così, è diventato proprio un garage e nessuno si ricorda più di quel che è stato, sono certa che anche il suo Garibaldi sarà diventato un supermarket come l'Astra... o qualcosa di simile, che palle!"

Sto per confermarle che al posto del Garibaldi c'è un franchising di cosmetici e che mi sono imposto di non entrarci mai, quando la radio di bordo interrompe il nostro dialogo proprio nel momento in cui poteva evolvere, da un formale scambio di vedute tra autista e cliente, in qualcosa di più personale. Dalla centrale chiedono la disponibilità di un taxi alla stazione. Sembra che non ci siano macchine libere. La donna si prenota dichiarando un tempo di attesa di dieci minuti.

La conversazione langue. Abbiamo appena abbandonato il viale che rasenta un lungo molo proiettato verso la diga foranea che protegge il golfo dal mare aperto. Il mio sguardo è attratto da quel blu marino che appare tra una doppia fila di palme. Vorrei riprendere quella conversazione, ma non riesco a trovare nessun tipo di argomento che non sia il tempo o il traffico, il calcio lo escludo a prescindere. Lei sembra concentrata sulla guida. Sta andando veloce, forse troppo. Se guidassi io, in questo viale così ingolfato dalle automobili, andrei più piano. Lei, dopo aver superato il ponte sotto la ferrovia, mi annuncia con un tono di voce quasi metallico, imitando scherzosamente la signorina del navigatore, che mancano pochi minuti per raggiungere la destinazione richiesta e aggiunge:

"Chissà chi è questo Impastato a cui hanno intitolato la via dove deve andare, lei lo sa chi è?"

Quella domanda che mi ha posto a bruciapelo mi proietta in un altro deposito di miei ricordi. So molto bene chi sia quel personaggio al quale hanno dedicato quella via. Eccome se lo so! Non ho però voglia di raccontarle in pochi minuti chi era e cosa significasse per me. Non posso comunque evitare di risponderle:
"Si che lo so. Lo chiamavano Peppino, non Giuseppe, è stata una delle tante vittime della mafia siciliana".

Dice lei con tono formale:
"Mai sentito. Era un giudice?"

"No non lo era, la mafia non uccideva solo d'estate e non solo magistrati."

Lei molto incuriosita m'incalza:
"E allora chi era?"

Esito a risponderle, sono colpito dal suo sguardo serio che leggo nel suo viso per la prima volta da quando sono a bordo del taxi, poi affermo:
"Era un ragazzo che, negli anni settanta, da una radio privata che trasmetteva in un piccolo paese siciliano di nome Cinisi, rompeva tutti i giorni i coglioni ai mafiosi... così l'hanno fatto fuori".

Di solito sono molto attento a non usare termini volgari, soprattutto se il mio interlocutore è una donna. Quell'espressione colorita mi era sfuggita. So molto bene chi è stato Peppino o Giuseppe Impastato, mi scoccia però che esistano persone che non lo sappiano e soprattutto che ignorino cosa gli sia capitato. Ci mette un po' a rispondere:

"Ah poverino! Mi dispiace, comunque siamo arrivati, ec-coci davanti all'ingresso. Sono venti euro."

Accipicchia, negli ultimi minuti il tassametro deve aver accelerato il ritmo. Le chiedo la ricevuta mentre penso che il costo di quel tragitto sia stato un po' esoso. Mi porge quel bigliettino vergato a penna con un sorriso molto se-ducente dopo avermi chiesto la data da indicare.

Mentre ripongo quel pezzo di carta in un vano del mio portafoglio, nel mio retro pensiero si accende uno strano desiderio di poterla rivedere in un altro contesto per ri-prendere quello scambio di ricordi appena accennato. Ho pochi secondi per tentare di procurarmi un contatto con lei. Esito… per poi limitarmi a un ringraziamento un po' formale, anche se condito da sinceri complimenti:
"Si grazie, è stato un piacere, lei è un'ottima autista e… anche una bella donna!"

Lei è ancora rivolta verso di me. Forse non si aspettava quel complimento. Avverto nei suoi occhi un sussulto di orgoglio. Comprendo che lei adora essere ammirata. La penombra dell'interno di quell'auto la rende ancora più attraente. La mia giornata è ancora lunga, ne sono certo, questo breve tragitto con lei rimarrà uno dei momenti più deliziosi della mia lunga giornata.

Sto passando sotto la lastra di marmo bianco retta da un palo metallico arrugginito che indica il nome della via che ho appena raggiunto. Il comune di questa città non si è proprio sprecato per Peppino. La strada a lui dedicata è sita in un quartiere periferico e, come ho potuto toccare con mano, neanche i tassisti sanno dove sia ubicata.

L'edificio che ospita l'azienda sanitaria dove mi sto re-cando è moderno e accogliente. L'ingresso è molto luminoso e gli uffici da raggiungere sono ben indicati. La mia attenzione è attratta da una specie di vetrina appoggiata sul muro interno dell'ingresso principale, alla destra della reception. Spicca una grande foto a colori che ritrae il viso di una sorridente donna anziana. È protetta da un plexiglas ed è corredata da un lungo testo, scritto con un carattere poco leggibile. Trovandomi in un centro di servizi sanitari per anziani, penso che si tratti di un omaggio doveroso a qualche particolare benefattrice passata a miglior vita. In attesa del mio turno per essere accolto alla reception osservo meglio quell'immagine incastonata in quella sorta di piccolo altare laico. Il viso di quella vecchietta, piuttosto rinsecchita dagli anni, trasmette un senso di fierezza e passione. Inforco gli occhiali da vista per leggere quella lunga didascalia che sta sotto l'immagine. Scopro che si chiama Felicia Bartolotta Impastato, con mio stupore comprendo che è la mamma di quel Peppino Impastato al quale è stata dedicata la strada dove sorge questo edificio.

Mentre rifletto su quel che ho appena letto, è venuto il mio turno per accreditarmi al desk della portineria. Dopo un paio di telefonate, l'addetta mi riferisce che la direttrice della struttura con la quale è fissato il mio appuntamento non è ancora in sede per un precedente meeting esterno non ancora terminato. M'invita ad accomodarmi in un salottino adiacente, dove potrò attendere la mia interlocutrice.

Prendo posto in una delle cinque poltroncine piuttosto eleganti che arredano quella stanzetta senza finestre, sulle cui pareti sono appese delle riproduzioni di alcuni dipinti di un pittore spezzino del primo 900: Giuseppe Caselli. In questo momento sarebbe più opportuno che mi concentrassi sulla pratica che devo sbrigare. Ci sono in ballo tanti soldi. L'esito dell'operazione dipende da come riuscirò a chiudere una trattativa lunga ed elaborata. Sto invece ri-pensando alla bella tassista. Provo una sensazione strana, mi sembra di essere ancora sul taxi con lei al volante. Mi vengono in mente molti particolari su Impastato cui pote-vo far riferimento per rispondere compiutamente alla sua domanda. Non le versioni ufficiali o gli esiti dei processi, bensì le vicende che avevo realmente vissuto quando si era saputo di quella sua così tragica morte. È roba di circa quarant'anni fa.

Quando lo uccisero non avevo neanche vent'anni. Stu-diavo giurisprudenza all'Università di Pisa. Peppino era morto nella notte tra l'otto e il nove maggio del 1978. Era lo stesso giorno in cui venne ritrovato il cadavere dell'O-norevole Aldo Moro in Via Caetani a Roma. Le Brigate Rosse avevano appena ucciso quest'ultimo dopo circa 55 giorni dal clamoroso rapimento di Via Fani, culminato nell'eccidio dei cinque uomini della scorta. Quel lungo e tormentato sequestro aveva attirato tutta l'attenzione me-diatica italiana e mondiale sulla tragedia di quell'uomo che poi avrebbe pagato con la vita quel folle disegno dei terroristi.

Quando accadono eventi clamorosi come era stato il ra-pimento e l'omicidio di Aldo Moro, è facile rammentare, anche dopo decenni, cosa si stesse facendo in quei mo-menti e in che modo si fossero apprese quelle notizie. Ri-cordo bene quei fatti. Quella mattina avevo preso il tre-no per Pisa per recarmi nella segreteria della facoltà. Gli appelli erano vicini, dovevo sbrigare di persona qualche incombenza amministrativa.

Quando appresi la notizia del ritrovamento del corpo dell'onorevole Moro, stavo pranzando nei locali della mensa universitaria. Ero seduto a uno dei tanti tavoli da sei posti collocati in un lungo salone al terzo piano. La notizia si propagava di bocca in bocca fra le centinaia di studenti già seduti per il pranzo e tra quelli ancora in coda. Ricordo che terminai frettolosamente di mangiare per recarmi in un bar dotato di televisione vicino alla Sapienza. Era pieno di gente con lo sguardo rivolto all'insù verso il piccolo monitor in bianco e nero. Insieme ai presenti, vedevamo per la prima volta quelle immagini televisive dove, nel baule posteriore di una Renault rossa, giaceva il corpo ancora caldo di Aldo Moro, crivellato dai colpi di mitra dei suoi carnefici.

In quel momento sentii forte la pietà per quell'uomo e la rabbia per un crimine così assurdo, foriero di chissà quali conseguenze. Avrei dovuto trattenermi ancora a Pisa. Sentii la necessità di tornare subito nella mia città. Avvertivo foschi presagi. Qualcosa di brutto avrebbe potuto ancora accadere. Quella morte segnava una svolta storica. Molti temevano golpe militari o derive autoritarie. In punti strategici erano già schierati soldati armati fino ai denti. Ci si chiedeva quali potessero essere le prossime tappe di quella strategia terrorista. Le Brigate Rosse fino a quel momento si erano dimostrate molto efficienti e determinate. Quale avrebbe potuto essere la risposta dello Stato ora che il prigioniero era stato assassinato?

Ricordo che quel 9 maggio era una giornata grigia e piovosa. Quelle condizioni climatiche contribuivano a rendere l'atmosfera cupa e insidiosa. Sul treno del ritorno non riuscii a concentrarmi sull'imminente esame. Ero troppo teso e in grande apprensione per quello che avrebbe potuto ancora succedere. Se l'obiettivo delle Brigate Rosse era favorire una ribellione delle masse popolari in stile rivoluzione russa, la reazione di quest'ultime prese necessariamente la direzione opposta; quel vile gesto fu condannato e respinto da quella che allora era la classe operaia e studentesca. Quel pomeriggio in tutta Italia e anche a

Spezia si tennero grandi manifestazioni unitarie. I lavoratori uscirono in anticipo dalle fabbriche e dagli uffici e si concentrarono nelle piazze dove sindacati e partiti politici avevano organizzato presidi per dire no alla violenza e al terrore.

Dalla stazione della mia città mi recai a piedi verso il centro, capii subito che le strade che percorrevo erano appena state teatro di un imponente corteo di lavoratori e cittadini. Lo intuivo per via dei numerosi ciclostilati stampati in tutta fretta da tutte le organizzazioni politiche e sociali che, abbandonati per terra, raccoglievo e leggevo. Mi colpì in quel momento il rilevante numero di operai e portuali ancora in tuta da lavoro che si allontanavano dal centro per tornarsene a casa dopo aver partecipato a quella imponente e storica manifestazione.

Nei pressi della grande piazza dove erano finiti da poco i comizi, riconobbi da lontano Lapo e altri ragazzi che conoscevo, stavano distribuendo dei volantini. Avevano intorno delle persone che sembrava avessero qualcosa da ridire nei loro confronti.

Lapo era un caro amico, con lui avevo condiviso gli anni dell'infanzia e dell'adolescenza. Militava in un gruppo di sinistra che, durante il rapimento, si era apertamente schierato contro il terrorismo, contestando in particolare la prevalente linea governativa della fermezza che escludeva ogni trattativa con i brigatisti tesa a salvare la vita a quell'uomo. Di statura media, con una folta barba che mai più avrebbe tagliato, con degli occhiali da vista spessi che celavano degli occhi di un azzurro intenso, spendeva tutto il suo tempo libero dagli studi in una generosa attività politica al servizio delle cause studentesche e delle lotte operaie. Non avevo dubbi, un evento così tragico come quello che stavamo vivendo quel giorno lo aveva inevitabilmente trascinato in piazza per diffondere le sue idee insieme agli altri militanti della sua organizzazione politica.

Quell'agitazione che gravava intorno a lui m'indusse a raggiungerlo. Mentre mi avvicinavo, mi resi conto che stava per scoppiare un diverbio proprio tra Lapo e quel gruppo di persone che gli stavano intorno. Scorsi uno di loro appallottolare un volantino e tirarlo platealmente in faccia a Lapo con aria di sfida. Il mio amico non si fece intimorire da quel gesto, cominciò a inveire pieno di furore contro quel tipo che lo avvicinava minaccioso. Da un insulto all'altro, dopo reciproci spintoni venero alle mani. A Lapo cadde il pacco dei volantini che si sparpagliarono sul selciato. Cominciai a correre verso di loro e, quando li raggiunsi, lo vidi divincolarsi per terra mentre due dei suoi antagonisti lo stavano prendendo a calci. Non esitai neanche un attimo nell'intervenire. Nelle risse da stadio e da discoteca sapevo come comportarmi. Mi scagliai contro uno dei due, con facilità lo feci cadere a terra per effetto di un bel cazzotto. L'altro, nonostante la sorpresa per il mio improvviso intervento, tentò di colpirmi con un goffo calcione; evitarlo, afferrare con la mia mano la sua caviglia nel momento della massima estensione per farlo cadere al suolo con una mossa di judo fu semplice, praticavo quell'arte marziale fin da bambino. Lapo nel frattempo si era rialzato, mi guardava incredulo chiedendosi da dove diavolo fossi sbucato. Per esperienze analoghe già vissute, sapevo che quello era il momento giusto per tagliare la corda, avrebbero potuto saltar fuori le spranghe, qualcuno avrebbe potuto farsi male sul serio o, peggio, avrebbe potuto arrivare la polizia. Era meglio allontanarsi.

Esortai Lapo ad andarcene. Fuggimmo di corsa verso il palazzo del Comune per poi raggiungere il labirinto dei giardini pubblici. Mi accertai che nessuno ci avesse seguito. Sembravamo al sicuro. Lapo perdeva sangue da un labbro e gli doleva il basso ventre per via di un calcio preso a quell'altezza. Era molto agitato e sconvolto per essersi trovato in quella situazione, proprio lui che si definiva un pacifista e odiava la violenza. Appena cominciò a sciogliersi la tensione, senza che glielo avessi chiesto, cominciò a ricostruire l'accaduto:

"Che bastardi! Era mezz'ora che rompevano! Non volevano che volantinassimo. Dicevano che avevamo scritto un sacco di cazzate. Ci hanno allontanato dalla piazza durante il comizio e ci hanno spinto fino a dove ci hai trovato. Mi hanno minacciato che se avessi ripreso a volantinare mi avrebbero riempito di botte. Appena loro si sono allontanati, abbiamo ricominciato a distribuire il nostro comunicato; loro sono subito tornati ed è scoppiata la rissa, meno male che sei arrivato!".

Anche per sdrammatizzare una giornata così carica di tensione provai a prenderlo un po' in giro:
"Ah ah! Stavi proprio per buscarle, ero indeciso se godermi lo spettacolo o dividervi ma, quando ti ho visto a terra, non ci ho più visto."

Rispose con tono piccato:
"Non era necessario, mi ero già rialzato, gliele avrei date a quel deficiente. Tanto lo conosco, era al Liceo quando io ero al ginnasio. Non capisce niente ma, quando c'è casino, c'è sempre."

Gli risposi:
"Ti è andata bene! Se non fossi intervenuto, tu saresti ancora lì a prenderle. "

Inevitabilmente la nostra conversazione cadde su Moro. Lapo era molto preoccupato. Temeva imminenti azioni repressive. Tutta la galassia politica che stava alla sinistra del partito comunista poteva essere considerata un'area

eversiva da contrastare con retate e nuove leggi liberti-
cide, sull'onda dell'emozione suscitata da quell'evento
così sanguinoso. Non poteva essere solo un caso che, fra
i tanti notabili democristiani, avessero colpito proprio lo
stratega del compromesso storico fra la Democrazia Cri-
stiana e il Partito Comunista e non si fosse tentato nulla
per salvarlo.

Era ormai ora di cena. Percorrendo delle strade laterali ci
recammo verso le nostre abitazioni che distavano un tiro
di schioppo l'una dall'altra. Durante il tragitto gli chiesi
notizie di Morena. Con il suo solito sguardo beffardo di
chi aveva capito il vero senso della mia richiesta mi disse
che stava bene e che era sempre più attraente. Non ricordo bene che termine usò, forse qualcosa di più colorito, mi
è ancora rimasto molto impresso il suo sguardo complice
e il dito indice che ruotava teso sulla sua guancia destra
per sottolineare quanto fosse sexy quella ragazza. Militava con Lapo in un gruppo politico dell'epoca, era molto
inquadrata, citava Marx e Gramsci anche per scegliere i
gusti di un gelato. Frequentavamo insieme un comitato
giovanile che era organico al consiglio di circoscrizione
del quartiere dove abitavamo tutti e tre. In quel contesto
specifico ci si poneva l'obiettivo di organizzare eventi
culturali, incontri e dibattiti dedicati ai giovani del rione.
Volevamo favorire, di concerto con un assessore, la loro
partecipazione diffondendo idee nuove. Erano momenti
duri e, per inspiegabili motivi, molti ragazzi del quartiere
erano pesantemente dediti all'uso di eroina. In un attimo,
da sostanza sconosciuta, si era diffusa di vena in vena. Si
diceva che fosse stata introdotta dal rampollo di una famiglia di affermati commercianti che, tornato dal servizio
militare prestato in una città del nord, si bucava e spaccia-
va tra una cura disintossicante e l'altra. Qualcuno era già
morto, le famiglie erano impreparate ad affrontare questa
nuova peste e in molti casi non avevano i mezzi o l'assi-

stenza giusta per strappare i loro figli da quella piaga. Nei giardini pubblici del centro era quasi normale incontrare mandrie di tossici in attesa degli spacciatori per la merenda del pomeriggio, preludio di quella più sostanziosa della sera. Morena, di fatto, era la leader del nostro comitato. Teneva le file tra di noi, organizzava le riunioni, aveva in mente tanti progetti con la lucida ossessione di trovare delle soluzioni per combattere quel circolo vizioso che aveva generato quel massiccio uso di droga pesante nel quartiere. Era consapevole che quei ragazzi che ne facevano uso non potevano essere strappati a quella "merda" da un bel ciclo di film o con conferenze sul tema alla presenza di esperti della materia. Quelle iniziative lei le riteneva comunque una soluzione utile rispetto al totale disinteresse delle istituzioni e dell'opinione pubblica, che alzavano il ciglio soltanto quando un ragazzo o una ragazza venivano trovati morti dentro qualche portone con ancora la siringa conficcata nel braccio per poi dimenticarsene il giorno dopo.

Morena era veramente una bella ragazza. Non altissima, dalla carnagione lattea e dai capelli neri molto lunghi e lisci che incorniciavano un viso dolce che comunicava serietà e riservatezza. Ebbi occasione di conoscerla qualche mese prima a Bologna, nell'ambito di una manifestazione di giovani provenienti da tutta Italia per ricordare uno studente morto in quella città nel mezzo di tafferugli scoppiati tra studenti e polizia. Quel raduno durava due giorni. Da Spezia partimmo in molti, tra cui Lapo ed io; con il gruppo delle femministe c'era anche Morena. La notte che doveva precedere la giornata conclusiva l'avremmo trascorsa in una sorta di capannone periferico messo a disposizione dal comune, dove potevamo stendere i nostri sacchi a pelo. Quando, finite le varie assemblee tematiche e la cena, ci dirigemmo verso questo locale ubicato vicino allo stadio si aggiunse anche Morena. Tranne me, tutti quelli del nostro gruppo la conoscevano, in particolare due ragazze, un po' più grandi di noi.

Era già molto tardi quando raggiungemmo il nostro dormitorio; era già pieno di ragazzi che venivano da molto più lontano di noi, qualcuno, che forse aveva viaggiato tutta la notte, era addormentato nello stanzone già avvolto nella penombra. Eravamo piuttosto allegri ma i responsabili ci fecero capire che lì potevamo solo dormire, lasciammo così la bottiglia di Vecchia Romagna dentro uno zaino con l'intento di scolarcela nel viaggio di ritorno. Decidemmo di stendere i nostri sacchi a pelo in una zona della stanza a ridosso di un'uscita laterale sotto delle ampie finestre non oscurate per la notte. Morena e le due ragazze, preparati i loro giacigli e riposti i loro zaini, si erano allontanate. Dopo la coda per il bagno avevo difficoltà ad addormentarmi. Tra la mia schiena e il pavimento non c'era che un centimetro di stoffa imbottita che, sotto il mio peso, non neutralizzava né la durezza del pavimento né il cattivo odore. Mi giravo e rigiravo alla ricerca della posizione più comoda, appena ritenevo di averla trovata sentivo la necessità di assumerne un'altra. Finalmente giunse Morena. La scorgevo nella penombra generata dalla luce di alcuni lampioni che filtrava dalle ampie finestre di quel locale. Stava aprendo il suo zaino per estrarre degli indumenti e un borsino dove custodiva creme e dentifricio. Si allontanò verso il bagno. Nonostante la stanchezza e il sonno incipiente attesi il suo ritorno. Impiegò un po' di tempo per i suoi preparativi notturni. Quando tornò, portava i capelli sciolti che lambivano le spalle, il suo viso, nonostante la penombra, era ben delineato. La vidi sfilarsi i jeans che piegò con cura. Scivolò rapidamente con le gambe dentro il sacco a pelo. Con un movimento rapido ma elegante si tolse la t-shirt. Ero a circa due metri di distanza, non mi perdevo un attimo di quei suoi preparativi. Era rimasta in reggiseno, anche quello saltò via dopo essersi sganciata il ferretto posteriore con un rapido movimento delle mani dietro la schiena. Quei seni appena liberati ebbero un fremito, poi, completamente scoperti, si assestarono nella loro posizione naturale. Quel corpo nudo, dalla vita in su, in quella penombra, si stagliava scultoreo emanando tutta la sensualità che un giovane corpo di donna può trasmettere. Continuai a osservarla. Stava frugando dentro il suo zaino alla ricerca di qualcosa. Notai che con l'avambraccio sinistro copriva pudicamente entrambi i seni proprio mentre con la mano destra estraeva un indumento che indossò passandolo sopra la sua testa per poi far scomparire dalla mia vista quelle mammelle così perfette nel loro volume e densità. Per un attimo associai quell'immagine a quella della Fornarina magistralmente dipinta da Raffaello in un fondo scuro mentre tentava di coprire invano con la sua mano destra le sue nudità. Mentre la mia attenzione era tutta focalizzata verso quell'inaspettato spettacolo di bellezza e sensualità, mi avvidi che lei stava guardando verso di me. Ero convinto che il buio di quella stanza impedisse che lei si accorgesse che ero perfettamente sveglio e che nulla di quella provocante svestizione mi fosse sfuggito. Capii subito che non era così. S'infilò bruscamente nel suo sacco a pelo coprendosi fin sopra gli occhi. Mi voltava ostentatamente le spalle mentre imprecava a bassa voce senza che potessi afferrare il senso di quelle sue parole che però trasmettevano, nei miei confronti, insofferenza e deplorazione. Che imbarazzo provai in quel frangente nell'intuire che lei aveva sorpreso il mio sguardo sul suo corpo nudo. Quelli erano i giorni del femminismo militante, le donne cercavano di affrancarsi dai rigidi schemi dell'epoca. Volevano sentirsi libere di vivere la loro femminilità senza prevaricazioni e senza stereotipi predefiniti. Nei cortei di sole donne bruciavano i loro reggiseni e lo slogan prevalente che loro urlavano era "maschio represso masturbati nel cesso!" Forse in quel momento ero molto condizionato da quel clima e pertanto, l'essere stato colto a spiarla, mi relegava proprio a quel tipo di maschio che non volevo essere e che lei, ne ero certo, disprezzava.

Dopo quella notte cominciai a frequentare le riunioni di quel circolo giovanile di quartiere che lei organizzava. In quelle occasioni ebbi la netta sensazione di non andarle a genio. Sospettavo che dopo quella mia intrusione notturna nella sua privacy mi giudicasse male, ero piuttosto atipico rispetto agli stereotipi dei militanti che lei frequentava. Viaggiando sullo stesso autobus al ritorno da scuola aveva scoperto che il lunedì io leggevo la Gazzetta dello Sport; più volte, nelle nostre riunioni, ne aveva fatto esplicito cenno con palese tono di deplorazione. Evidentemente, nell'ambito dei suoi schemi mentali, l'occuparmi di cose effimere come il calcio non rientrava nelle sue corde. All'epoca portavo i capelli lunghi, ero sempre curato nel vestire e la domenica pomeriggio andavo allo stadio a vedere, anche in trasferta, lo Spezia. In molti momenti, nei miei confronti assumeva un atteggiamento piuttosto irritante. Se affermavo qualcosa o avanzavo una proposta non la prendeva in considerazione per il solo motivo che proveniva da me. In quei momenti l'avrei mandata volentieri a quel paese, ma più avevo occasione di incontrarla, più mi piaceva. Quel film notturno vissuto in quel dormitorio qualche mese prima lo rivedevo dentro di me in continuazione riprovando ogni volta quelle emozioni estetiche che tanto mi avevano colpito.

Alla fine delle riunioni cercavo di ingaggiarla in qualche conversazione sperando di poterla accompagnare a casa. Era un'impresa impossibile: esclusi gli argomenti della riunione in agenda, null'altro sembrava interessarla. Era iscritta a Psicologia, si diceva che il suo libretto universitario fosse pieno di trenta e lode. Conduceva una trasmissione in una radio libera su temi femministi e collaborava con un quotidiano locale pubblicando pezzi sull'emarginazione femminile. Nessuno l'aveva mai vista in giro la domenica o al mare; le leggende metropolitane, ovvero i soliti pettegoli informati, le accreditavano un fidanzato di un po' di anni più grande di lei che studiava medicina a Milano.

La riunione settimanale del comitato era fissata proprio per quella sera. Io me ne ero dimenticato. Lapo mi telefonò per ricordarmelo. Non avevo voglia di andarci, stavo seguendo tutti i programmi televisivi che trattavano del sequestro Moro. Cercavo in tutti i modi di capire quegli eventi, leggevo un sacco di giornali e non mi perdevo un dibattito o un'intervista. Lui insistette. Mi anticipò che c'erano delle novità, era anche successa una cosa grave di cui occorreva parlare insieme. Non mi volle dire di cosa si trattasse; mi riferì che anche lui ne sapeva poco ma Morena era ben informata. Lo raggiunsi, mi aspettava seduto sulla panchina collocata in un giardinetto adiacente al portone del suo condominio dove giocavamo da bambini. Giungemmo in ritardo presso la sede del comitato che era ricavato nei locali dismessi di un angusto asilo comunale. Lei era molto preoccupata per Lapo. Vivevamo in una piccola città, le notizie correvano. Lei e gli altri presenti già sapevano che lui era rimasto coinvolto in quei tafferugli, ma ignorava cosa fosse realmente accaduto. Lui le raccontò i fatti come se fosse reduce da tre anni di guerra in Vietnam. Esibì i suoi lividi quasi fossero dei trofei. Esaltò il mio intervento risolutivo, lei mentre ascoltava mi scrutava come se mi vedesse per la prima volta. Ne rimasi colpito. Avvertii la sensazione che mi avesse finalmente notato. Chiese anche a me come fosse andata. Minimizzai l'accaduto e quando mi domandò in tono scherzoso se avessi anch'io qualche livido da mostrare, mi limitai a segnalare un certo dolore al mignolo della mano destra, forse conseguente a uno dei pugni sferrati.

Quella sera alla riunione eravamo in pochi. Morena si aspettava più partecipanti. S'indugiava in commenti sugli ultimi fatti nazionali. Fummo chiamati all'ordine dalla ragazza che ci propinò una sorta di relazione sulla situazione politica che si stava delineando. Era evidente che quel suo discorso lo avesse preparato con cura, erano considerazioni generiche sull'epilogo di quel rapimento e sulle possibili conseguenze politiche che ne potevano derivare. Poi ci informò che nella mattinata era fallito un attentato a una stazione ferroviaria di un paese siciliano vicino all'aeroporto di Palermo. Le risultava che una forte esplosione avesse divelto un tratto del binario; sul luogo era stato rinvenuto il cadavere orribilmente dilaniato di un trentenne. Era un abitante di quel paese ed era candidato alle imminenti elezioni comunali proprio nello stesso gruppo politico di Lapo e Morena. Dalle prime indagini si riteneva che quell'uomo si fosse suicidato oppure fosse deceduto mentre stava piazzando una carica di tritolo sui binari. Lapo a quella notizia, che Morena aveva dettagliato in modo asettico, reagì affermando:

"Se era del nostro gruppo, non avrebbe mai piazzato bombe sui binari, semmai avrebbe denunciato chi le mette. C'è qualcosa che non torna in questa storia. Da quelle parti c'è la mafia, con il tritolo ne hanno già ammazzati tanti, non credo che abbiano voglia di smettere, se qualcuno si mette di traverso che sia un giudice o un compagno lo fanno fuori."

Morena abbandonò subito quel suo tono notarile. Sostenne:
"Sono d'accordo con Lapo. Un militante della nostra organizzazione politica non metterà mai una bomba in una stazione ferroviaria per colpire studenti, lavoratori e comuni cittadini. Dobbiamo essere vigili per non far consolidare assurde interpretazioni che vogliono trasformare questo compagno in un nuovo Feltrinelli."

La riunione finì con l'intesa di decidere una linea comune per le probabili manifestazioni pubbliche già annunciate che dovevano tenersi in concomitanza con l'imminente funerale di Stato di Moro e di raccogliere maggiori informazioni sulla morte di quel ragazzo.

Quando uscimmo dalla nostra sede notai che Morena era ancora molto tesa. Mentre stava per allontanarsi, le proposi di accompagnarla a casa. Non mi disse di no e nemmeno di sì. L'affiancai, anche se lei camminava svelta come se la mia presenza la mettesse a disagio. Rifletteva ad alta voce sulla strana morte di quel giovane militante. Ebbe quasi una reazione isterica:
"Bastardi! Che cosa vogliono farci credere! È un depistaggio. Lo hanno ammazzato. Lo capisci? Hanno scelto il momento giusto. In pieno sequestro Moro così non se ne accorge nessuno. Vedrai che domani sui giornali non ci sarà scritto nulla. Passerà tutto sotto traccia. Il martire lo abbiamo già, chi vuoi che s'interessi di uno sfigato che parlava in una radio privata. Vedrai che Moro, ora che è morto, lo faranno santo. Ma non hanno fatto nulla per salvarlo. Ogni sua lettera resa pubblica è stata considerata come il delirio disperato di chi vive ore di angoscia per la propria vita e pensa solo a trovare una via di uscita perdendo il senso dello stato e del proprio ruolo. Quelle che hanno pubblicato io le ho lette. Sono lucide, forse lui non sapeva nei dettagli che cosa stesse accadendo fuori della sua prigione ma certamente aveva capito che lo stavano sacrificando in nome di un'ipocrita ragion di stato."

Mentre concludeva quel suo sfogo, avvertii che i suoi occhi tentavano di cacciar via delle lacrime che stavano cercando di infrangere quei flebili argini che lei intendeva porre senza successo. In quel momento l'avrei abbracciata e stretta a me, la trovavo dolce e fragile per quelle vicende che ci stavano così suggestionando.

Le risposi:

"Sono sicuro che tu abbia ragione. Ne abbiamo già viste tante: Piazza Fontana, Pinelli, Piazza della Loggia, il treno Italicus. Chissà quante ne vedremo ancora. Questo apparente equilibrio politico che si è instaurato nasconde conflitti internazionali di cui l'Italia è solo una minuscola pedina. Ricordiamoci che c'è una cortina di ferro che divide milioni di persone in due blocchi che nessuno deve infrangere. Pensa a quanti ragazzi e ragazze come noi stanno dall'altra parte del muro. Non sappiamo nulla di loro e viceversa. Non possiamo comunicare, sentire la stessa musica, lottare insieme per un mondo più giusto. Ci devono tenere imprigionati ognuno dietro il proprio steccato. Chi ha rapito e ucciso Moro è certamente manovrato da servizi segreti stranieri. Non possono permettere che in Italia o in altre parti d'Europa si aprano delle crepe che rischino di rompere l'assetto che regna da trent'anni e che deve durare per chissà quanto tempo ancora. Chi ha eliminato i cinque uomini della scorta e lasciato incolume Moro, nonostante l'inferno di fuoco scatenato, non ha imparato a sparare al luna park, chissà in quale campo di addestramento straniero avrà fatto pratica! Armi così sofisticate, come quelle che hanno usato, non si comprano su Postal Market, chissà chi gliele avrà fornite?"

Mi accorsi di essermi un po' infervorato in quel mio sfogo ma, guardandola negli occhi, rimasi sorpreso nello scorgere le sue lacrime scorrere senza freno su un viso corrucciato. Piangeva senza singhiozzi. Era un pianto amaro, forse liberatorio della tensione che durava da più di 55 giorni. Si riprese. Pigiò il pulsante del citofono.

Una voce di donna si sprigionò dal microfono protetto dalla grata metallica:
"Sì! Sei tu?".

Lei replicò:
"Io mamma!"

Un rumore secco aveva subito liberato la serratura del portone. Lei mi aveva sussurrato un ciao e mi aveva sorriso senza aggiungere altro. Era proprio di fronte a me, i nostri visi erano molto vicini e con il braccio destro teneva socchiuso il portone per evitare che si richiudesse automaticamente. Mi sono avvicinato e ho cercato le sue labbra. Non si è ritratta, le ho sentite dolci e morbide mentre si appoggiavano alle mie. Ho avvertito un profumo di viola che potevo percepire solo da quella distanza così ravvicinata. Stavo per affondare quel contatto. Sarebbe stato il bacio più bello di quei miei quasi vent'anni; lei di colpo si ritrasse. Riassunse repentinamente il suo consueto tono formale augurandomi la buona notte e invitandomi a tenermi in contatto perché presto ci saremmo riuniti di nuovo. Vidi chiudersi quel portone dietro di lei. Ritornai verso casa ripassando davanti alla sede del comitato. C'era ancora Lapo insieme ad altri. Mi avvicinai. In quel momento avrei preferito essere solo. Quel bacio a fior di labbra emanava delle vibrazioni non ancora sopite che non avevo mai provato. Ero pieno di lei; di quegli occhi colmi di lacrime, di quel sorriso, dei suoi lunghi capelli sciolti sulle spalle, della carnagione così luminosa nonostante il buio della sera e di quelle sue labbra discrete e vellutate. Basta Moro! Basta morti ammazzati! In quel momento volevo solo Morena!

Lapo appena mi vide mi venne incontro. Non gli era sfuggito che ero rimasto solo con lei. Si aspettava che gli raccontassi com'era andata. Anche se ne immaginava l'esito. Lui la conosceva più di tutti. Lei era tutta studio e politica, se volevo mettermi con lei perdevo il mio tempo.

Quando rimanevo a Spezia, solevo preparare gli esami nella vecchia biblioteca comunale che sorgeva nel centro storico vicino alla piazza del mercato. La mattina del dieci maggio la raggiunsi un po' più tardi del solito, mi ero attardato ad ascoltare i giornali radio del mattino con i relativi approfondimenti. Sul caso Moro non c'erano novità, a parte la diffusione di macabri particolari sugli esiti dei rilievi autoptici sul suo cadavere. Del ragazzo morto in Sicilia nessuna notizia.

Mentre stavo per sedermi nell'unico posto rimasto libero, vidi Morena e Lapo confabulare tra di loro vicino alla porta d'ingresso agitando un quotidiano. Posai i miei libri sul tavolo di cristallo e invece di sedermi li raggiunsi. Non si aspettavano di vedermi lì. Morena quella mattina era più bella del solito. Quella frangetta sbarazzina con quei capelli lunghi raccolti in una coda di cavallo la rendeva irresistibile. Non c'era tuttavia nessun sorriso sul suo volto, sembrava molto agitata. Quel nostro momento di tenerezza della sera prima sembrava completamente svanito. Mi porse bruscamente il giornale che reggeva in mano. Era il Corriere della Sera aperto su una pagina posizionata nella parte centrale. Con il dito m'indicò l'articolo che voleva che leggessi. Lapo con un cenno del viso mi sollecitò a farlo. Entrambi aspettavano che lo iniziassi. Capii che loro lo avevano già letto, non volevano influenzarmi anticipandomi le loro reazioni; aspettavano il mio giudizio per avere conferma che coincidesse con il loro, anche se non nutrivano dubbi su quale potesse essere. Mi aspettavo che quel pezzo riguardasse la vicenda Moro, trattava invece della morte di quel ragazzo di cui avevamo avuto notizia la sera prima. Il titolo era tutto un programma, nel leggerlo ebbi un brivido d'indignazione:
"Ultrà di sinistra dilaniato dalla sua bomba sul binario".
Il sottotitolo era anche peggio:

"...Un treno è passato sulle rotaie semi divelte, rischiando di deragliare. Sparsi tutt'intorno i resti della vittima, un aderente di Democrazia Proletaria. All'ipotesi dell'attentato s'intreccia quella del suicidio...".

Guardai negli occhi prima Lapo e poi Morena. Sussurrai: "Non è possibile, l'hanno ammazzato e scrivono il contrario!" Morena a quella mia prima reazione annuì, stava per dire qualcosa ma si morse il labbro per non proseguire ed evitare di influenzarmi, poi con tono perentorio: "Continua a leggere!".

Ripresi la lettura del resto dell'articolo. I particolari erano raccapriccianti:
"...i carabinieri, intervenuti sul luogo dell'esplosione, hanno trovato per il raggio di 50 metri i resti non più grossi di un pugno di quel che era stato Giuseppe Impastato. Era un noto attivista politico dell'estrema sinistra, abitava a Cinisi un paese della provincia di Palermo e si era dedicato a una radio privata, Radio Aut di cui aveva curato i programmi. La notte tra lunedì e martedì, terminata la trasmissione, con una poderosa carica di esplosivo in borsa si è recato sulla linea ferroviaria. Era sua intenzione divellere i binari e nel mettere a punto l'ordigno è saltato in aria come Feltrinelli?

Quel punto interrogativo non mi tornava. Guardai i miei due interlocutori, erano impazienti che io finissi di leggere quell'articolo farneticante. Il giornalista aveva fatto riferimento al contenuto di una lettera scritta da Impastato e sequestrata dai carabinieri in cui lui affermava di ritenersi fallito come uomo e come politico e di desiderare che i suoi resti fossero cremati e dispersi al vento. Per il Corriere della Sera dunque non c'era scelta: attentato o suicidio, "tertium non datur!" Quell'infamante articolo si chiudeva con la considerazione quasi compiaciuta: "...

quell'esplosione sarebbe stato il primo grave attentato di colore politico in Sicilia…"

"Che bastardi!"

Fu questa la mia prima reazione a caldo dopo essermi divorato quell'orrendo pezzo giornalistico. Quel mio lapidario commento fece da denotatore alla rabbia che Lapo e Morena stavano reprimendo in attesa che mi allineassi a loro. Fu un'esplosione d'improperi contro la stampa borghese, i padroni, il governo, la Cia e il KGB, la Nato e il Patto di Varsavia e chi più ne ha più ne metta. Si chiedevano quali trame stessero dietro a quest'evento che ricordava i depistaggi di Piazza Fontana, del suicidio di Pinelli e degli altri attentati che avevano insanguinato fino a quel giorno la nostra Italia. La loro chiave di lettura per quella vicenda che cominciava a delinearsi era identica alla mia. Quel ragazzo siciliano, anche se a noi sconosciuto, era uno dei tanti giovani che in quegli anni, sull'onda lunga del sessantotto, cercavano di cambiare il mondo. Lui aveva provato a farlo nel contesto territoriale dove viveva. Purtroppo per lui il suo perimetro di competenza coincideva con una delle zone più strategiche per la mafia. A cento passi dalla casa di Impastato, abitava Tano Badalamenti, uno dei più spietati boss mafiosi dell'epoca. Per lunghi periodi era stato il capo della "commissione" che, nel gergo mafioso, significava che era il numero uno di quell'associazione criminale. Più volte processato, spesso assolto, viveva indisturbato nella sua Cinisi, dove controllava l'aeroporto di Punta Raisi, all'epoca crocevia del traffico della droga con gli Stati Uniti. Impastato aveva scelto di militare dalla parte dei deboli e degli sfruttati. La sua azione politica era condotta attraverso i microfoni di una radio privata da dove sfidava apertamente i mafiosi, in particolare proprio Tano Badalamenti, minandone la reputazione di capomafia già pesantemente insidiata dall'ascesa criminale di Totò Riina. Nella terra dell'omertà e della paura un ragazzo così coraggioso o imprudente non poteva che essere punito in modo esemplare. Ucciderlo, simulando che rimanesse vittima dello stesso ordigno esplosivo che stava collocando, doveva essere un piano criminale perfetto, anche perché era inserito, non casualmente, nel bel mezzo del sequestro Moro. Affinché quel depistaggio potesse funzionare, doveva essere sostenuto da organi inquirenti che avvalorassero la tesi dell'attentato e da una stampa connivente pronta a omettere qualsiasi notizia che non fosse quella ufficiale. Così avvenne, anche se appariva improbabile credere che, a un giovane con quei valori e quella passione civile, venisse in mente di piazzare un potente ordigno esplosivo in una stazioncina del profondo sud per far deragliare un treno che trasportava persone comuni. Il tritolo era uno strumento già usato dalla mafia per colpire i suoi nemici tra cui molti rappresentanti dello stato che osavano mettersi di traverso. Purtroppo sarà l'arma che, negli anni successivi, colpirà ripetutamente, uccidendo magistrati come Chinnici, Falcone e Borsellino e mietendo vittime inconsapevoli in via dei Georgofili a Firenze a un passo dagli Uffizi e nella centralissima Via Palestro a Milano.

Proprio in quel momento ci raggiunse Marco. Era anche lui uno del comitato. Si era accorto della nostra presenza in un angolo dell'atrio proprio mentre leggevo quell'articolo di fronte a Lapo e Morena. Riteneva che si discutesse di Moro, ci raggiunse per informarci che il funerale di Stato si sarebbe tenuto senza la presenza della famiglia e senza il feretro del presidente. Seppur clamorosa, quella notizia ci lasciò indifferenti, lui ci guardò un po' stupito perché non capiva su cosa stessimo confabulando. Lapo si accorse che nella tasca del suo eskimo era ripiegata Repubblica. Fu un attimo, quel quotidiano finì nelle sue mani, cominciò a sfogliarlo, quasi a metà trovò un articolo a piè di pagina che parlava di Impastato. Ce lo lesse tutto d'un fiato. Riportava la versione degli inquirenti che propendeva per il suicidio per via della fantomatica lettera da cui emergevano vaghi e non datati problemi esistenziali, l'attentato fallito era l'ipotesi comunque più credibile su cui le indagini erano decisamente orientate. Il giornalista, con molta cautela, sollevava alcuni dubbi sulla dinamica della vicenda, facendo timidamente balenare una possibile mano della mafia.

Morena era molto agitata. Parlava a voce alta, più volte l'impiegata della biblioteca l'aveva esortata ad abbassare i toni.
"Hanno ammazzato un ragazzo, vogliono farci credere che fosse un terrorista, vittima della stessa bomba che stava piazzando su un binario. Maledetti! A chi vogliono darla a bere? Adesso si parla solo di Moro ma anche questo giovane è morto perché credeva nella giustizia e nella libertà, avete visto che misero spazio gli hanno riservato sulle pagine di Repubblica? Domani non ci sarà scritto nemmeno un trafiletto e non se ne saprà più nulla."

Lapo meditava su quelle parole. Appena Morena finì di rileggersi quell'articolo aggiunse:
"Dobbiamo fare qualcosa. Non deve passare la tesi che Impastato sia un terrorista. Dobbiamo fare controinformazione su questa vicenda. Dobbiamo rovesciare la verità ufficiale che loro hanno già confezionato."

Intervenne Lapo:
"Ma che possiamo fare? In quei luoghi regna la mafia, tutti i politici locali e anche quelli di Roma la sostengono. Anche questa vicenda verrà insabbiata, hanno risolto il problema, quel ragazzo non darà più fastidio e nessuno oserà più mettersi contro chi comanda in quelle terre".

Dopo quella discussione ci recammo nei tavoli del salone principale per dedicarci ai nostri studi. Per me fu difficile trovare la concentrazione nonostante gli esami imminenti. Dal mio posto sbirciavo Morena. Anche lei non sembrava molto interessata al librone che giaceva spalancato sulla superficie vetrata del tavolo dove era seduta. Si guardava intorno in continuazione. Quando incrociava il mio sguardo assumeva una severa aria di complicità. I suoi occhi esprimevano un misto di fierezza e rabbia. Sembrava mi dicessero:

"Lotteremo per quel ragazzo! Non possiamo permettere che facciano passare la sua morte nel modo che vorrebbero i suoi assassini e i loro complici."

Ero d'accordo ma, mentre la guardavo mi astraevo da quel contesto, ero concentrato su di lei. La trovavo ancora più bella e affascinante rispetto alle altre volte che l'avevo vista, in particolare alla sera prima, quando avevo assaporato quel suo flebile bacio a fior di labbra.

In quel momento, con i suoi capelli raccolti in una coda di cavallo trattenuta da un elastico, i lineamenti delicati del suo collo e del suo viso risaltavano più nettamente. Indossava un'ampia gonna scozzese che, da seduta, lambiva il ginocchio da cui emergevano dei collant di lana di un colore marrone poco intonato con il resto degli indumenti. Dalla vita in su portava un maglioncino molto aderente dalle maniche lunghe di un colore che riprendeva quello delle calze. Ai piedi calzava comode ma orrende pedule color camoscio che, purtroppo, allora andavano molto in voga tra le femministe più scatenate. Dalla mia posizione la inquadravo di profilo. Nonostante la severità del suo look emanava un'intensa effusione di femminilità di cui, in quel momento, percepivo intensamente il fascino. Anche lei mi stava osservando. Aveva notato che da qualche minuto il mio sguardo era posato solo su di lei:

m'imbevevo dei suoi occhi castani, del suo viso, del profilo del suo corpo e di quel suo seno, che rivelava quella sua forma scultorea che avevo avuto la fortuna di ammirare nella sua pallida nudità in quella ormai datata notte bolognese. Proprio in quel momento sentivo il bisogno di astrarmi da quell'atmosfera cupa che mi attanagliava distogliendomi dalla spensieratezza e dalla voglia di vivere dei miei vent'anni per effetto della lunga vicenda legata a Moro e l'angosciosa morte di quel ragazzo. Perché stare dentro quelle mura austere della biblioteca a trangugiare nozioni fini a sé stesse a beneficio di distratte commissioni d'esame? Perché non potermi alzare, prenderla per mano, raggiungere insieme con lei la vicina grotta di Byron per poi concentrare la nostra vista su quell'orizzonte marino che, se spazzato dalla tramontana, poteva mostrarti la Gorgona, l'Elba e, con un po' di fortuna, la Corsica e a ponente la costa francese?

Continuava a guardarmi. Chissà se aveva capito che in quel momento non me ne fregava niente né di Moro né di Impastato. Chissà se aveva percepito che ero così preso da lei. All'improvviso si alzò, chiuse il suo libro, lo ripose nel suo tascapane militare pieno di citazioni, disegni e loghi dell'epoca impressi con il pennarello. Si avvicinò al mio tavolo cogliendomi di sorpresa, mi sussurrò che il suo babbo era venuto a prenderla, l'aspettava giù in strada con la macchina, dovevano andare insieme da qualche parte, forse da un dottore o da un avvocato, ora non me lo ricordo. Mi alzai, cercai di uscire dalla sala con l'obiettivo di raggiungerla. Stava già scendendo quelle scale maestose che dal pianterreno collegavano il piano nobile della biblioteca dove erano collocati la sala centrale, gli schedari cartacei e i servizi per gli utenti. La chiamai, si girò. Il suo sorriso era di un fascino impagabile. Se, con la mia reflex, lo avessi catturato, sarei diventato il più grande fotografo di tutti i tempi. Mi salutò con la mano, mi ricordò che presto ci saremmo rivisti alla prossima riunione del comitato. Intanto Lapo oziava nell'atrio in compagnia di una fanciulla del ginnasio, gli passai accanto, capii che non si era perso un attimo di quel commiato. Mi guardò sornione, dondolava il capo con l'aria divertita di chi aveva capito tutto, in particolare aveva compreso che mi era andata buca ancora una volta e questo lo divertiva da morire.

Non avevo previsto che avrei rivisto Morena la sera stessa. Prima di cena ero andato in via Chiodo e in Piazza Verdi. Avevo gironzolato tra i vari capannelli di giovani che si radunavano in quegli spazi. Speravo d'incontrarla ma sapevo bene che lei non era una tipa da vasche. Mentre tornavo verso casa incontrai Lapo. Mi stava cercando, m'informò che per la sera eravamo convocati dal presidente del consiglio di quartiere per comunicazioni che riguardavano il nostro comitato. Gli chiesi se sapesse di cosa si trattava e se Morena fosse stata informata. Col solito sorriso di quello che ha capito tutto, ma finge di non sapere, mi precisò che era stata lei stessa a telefonargli per avvisarlo e, dopo una pausa, aggiunse che si era raccomandata di garantirle la mia presenza.

Arrivai per ultimo quando la riunione era già iniziata. Morena non era più vestita come la mattina in biblioteca. La temperatura durante il giorno era improvvisamente aumentata per il cessare del vento del nord, lei indossava abiti più leggeri. Portava jeans molto lisi e attillati, la camicia era piuttosto aperta sul seno, i capelli sciolti erano freschi di shampoo, un po' di fondotinta e un accenno di rossetto le davano un aspetto intrigante. Se la mattina mi aveva stregato con il suo severo look, in quel momento era peggio, la sua intensa femminilità prorompeva da tutti i pori. Al mio ingresso non mi fece neanche un cenno di saluto nonostante cercassi di incrociare il suo sguardo. Notai che evitava di guardarmi. Lapo riepilogò brevemente le novità. Il Comune aveva organizzato delle assemblee pubbliche da tenersi in tutti i quartieri della città entro il fine settimana. Intendevano commemorare Aldo Moro per respingere la spirale terroristica che attanagliava il paese. Nel nostro quartiere quell'evento era stato fissato per la mattina di sabato tredici maggio al cinema Garibaldi. Mi aspettavo fosse organizzato qualcosa di simile. A quella notizia mi balzò in mente un'idea folle. Senza tanti preamboli e senza consultarmi con gli altri, in particolare con Morena che, informalmente, era la leader del nostro comitato, mi rivolsi direttamente al presidente proponendogli di commemorare nello stesso evento sia la morte di Moro, che quella di Impastato, sottolineando in quel contesto le coincidenze e le differenze. Quell'uomo rimase sorpreso. Non aveva la minima idea di cosa fosse successo a Cinisi. Essendo una persona intelligente e aperta chiese chi fosse questo Impastato di cui non ne sapeva nulla. Intervenne Morena. Colse al volo la mia proposta e la fece sua. Spiegò al presidente tutti i particolari di quell'omicidio e i motivi per cui era giusto associarlo a Moro proprio in quell'occasione pubblica. Lui non sembrava molto convinto. Sollevò qualche obiezione poco meditata che Lapo smontò con la sua proverbiale logica aristotelica. Quel presidente, da consumato politico, non disse no ma nemmeno sì. Il suo obiettivo era di riempire quella sala per fare bella figura con il Sindaco e conquistarsi un bell'incarico di assessore alle prossime elezioni. Contava su di noi perché sapeva che avremmo garantito una buona affluenza di partecipanti e soprattutto lo avremmo aiutato a propagandare, come già fatto per altri eventi, quella manifestazione con affissioni di manifesti e volantinaggi nel quartiere. Ci promise che ne avrebbe parlato con gli altri consiglieri. Rimanemmo soli. Morena era molto concentrata su quell'evento, l'opportunità di fare qualcosa di pubblico a favore di Peppino era già un'ossessione che l'attanagliava. Mancavano solo pochi giorni. Decidemmo che fosse lei a prendere la parola in quell'assemblea e spiegare cosa legasse quelle due vicende e quei due uomini. Lapo e Marco l'avrebbero aiutata a scrivere il comunicato. Rimase inteso che ci saremmo rivisti il venerdì sera per definire i dettagli della nostra partecipazione a quell'evento e di condividere il testo dell'intervento. Eravamo molto eccitati per quell'iniziativa. Morena davanti a tutti mi riferì di apprezzare quella mia proposta. Ne fui sorpreso. Forse per lei non ero più solo un banale lettore della Gazzetta dello Sport. Conclusa la riunione indugiammo per almeno mezzora davanti all'ingresso della nostra sede per commentare quelle vicende. Speravo di rimanere solo con lei per accompagnarla a casa, si aggregarono invece tutti gli altri compreso Lapo che, per tutto il percorso, le rimase appiccicato anticipandole i punti che intendeva sviluppare per il nostro intervento in quel prossimo importante evento pubblico.

Nei giorni successivi tornai a Pisa per frequentare le ultime lezioni del mio primo anno accademico. Sui treni, nei bar e nelle aule non si parlava che del rapimento e omicidio di Moro. Da Cinisi giungevano solo notizie che continuavano ad avallare la versione ufficiale che giustificava perquisizioni e interrogatori a carico di parenti, amici e compagni del presunto terrorista. Da fonti alternative si avvertiva che qualche timida reazione stava maturando. I parenti avevano querelato cinque testate giornalistiche tra cui il Corriere della Sera e, nell'università, la polizia aveva caricato degli studenti che avevano tentato di commemorare Impastato, ma la notizia di quella morte era già scivolata nell'oblio mediatico. Mi ribolliva il sangue. Possibile che un fatto criminale di così facile lettura potesse essere rigirato in modo così artificioso per farlo apparire tutt'altra cosa rispetto a quanto realmente accaduto? Non me lo spiegavo, o meglio, era normale che fosse così, in quelle terre stato e mafia erano un tutt'uno e molto sangue d'innocenti, come purtroppo oggi sappiamo bene, avrebbe dovuto ancora scorrere.

Rientrai a Spezia il venerdì pomeriggio. Non avevo notizie di Lapo e Morena e nemmeno della commemorazione di Moro dell'indomani. Nelle mie giornate pisane avevo molto riflettuto su quel che stava avvenendo. Ero sempre più convinto che ci fosse un ideale collegamento tra le due morti. Coltivavo l'illusione o la speranza che se ce l'avessimo fatta avremmo potuto prendere contatti con gli amici e i familiari di Peppino ed esprimergli la nostra solidarietà con l'intento di fagli capire che non erano soli e che poteva esserci lo spazio politico per fare luce su quel crimine. Era però Morena che desideravo rivedere. Nonostante fosse trascorso qualche giorno dall'ultima volta che l'avevo vista, nulla per me era cambiato, era diventata il mio chiodo fisso, non vedevo l'ora che giungesse il momento della riunione serale per ritrovarmela di fronte.

Quella sera, con Lapo, mi recai nella sede del consiglio di quartiere. Morena ci stava aspettando. Era impaziente di entrare subito nel merito dell'ordine del giorno. Mentre confabulava con Lapo che le aveva portato dei fogli scritti a mano, girandomi all'improvviso verso di lei sorpresi il suo sguardo su di me, si voltò di scatto quasi non volesse che me ne accorgessi. Era stranamente elegante e ben curata. Indossava un tubino di un tessuto leggermente traforato di colore celeste con molti puntini blu che terminava appena sopra le ginocchia. Era accollato, ma senza maniche e rivelava le sue lunghe braccia ben modellate. Per la prima volta notai del rimmel sulle sue palpebre e anche del rossetto piuttosto marcato che esaltava quelle labbra di cui ancora ricordavo quel fremito così rapido e intenso. Pensai che oltre che conciarsi da femminista incazzata, quando voleva, riusciva a sembrare anche una strafiga.

Quando ci accomodammo su quelle sgangherate sedie della sala riunioni lei ci informò che era stata contattata dal presidente del consiglio di quartiere per essere dissuasa dal leggere il nostro comunicato nella commemorazione del giorno successivo. Riteneva inappropriato accostare Moro a Impastato. Giudicava le due morti del tutto diverse una dall'altra; per lui non aveva senso mettere sullo stesso piano il presidente del più grande partito politico nazionale e uno sconosciuto ragazzo siciliano le indagini sulla cui morte lo consideravano un terrorista piuttosto che una vittima della mafia. Morena era stata molto ferma nel mantenere la nostra posizione; gli aveva replicato che era giusto commemorarli insieme sottolineando le differenze, ma anche la forte analogia che li vedeva entrambi barbaramente uccisi nelle stesse ore da forze oscure che non avevano nulla da spartire con la democrazia e la convivenza civile. Aggiunse che fino a quel momento, in Italia, s'intravedevano manovre poco chiare ed era giunto il momento di prenderne coscienza e di reagire per scongiurare avvenimenti molto peggiori che avrebbero potuto presentarsi dietro l'angolo.

Lapo era convinto che gli organizzatori non avrebbero permesso alla nostra rappresentante di prendere la parola in quell'evento. Le reazioni ufficiali alla morte di Moro erano ben delineate. Occorreva mobilitare il paese per esprimere una forte condanna al terrorismo e alla violenza. Andava ricucita un'unità nazionale che nei giorni del rapimento si era divaricata tra la linea della fermezza e quella della trattativa. L'imminente funerale di Stato di Moro senza la bara e senza la famiglia era una lampante dimostrazione che, dietro i fatti noti, chissà quali misteri si potessero celare.

La discussione che seguì l'introduzione di Morena confermò quanto avevamo già deciso: l'indomani, oltre Moro, doveva essere ricordato anche Impastato e, se ce lo avessero impedito, ci saremmo dimessi in massa dal nostro circolo e avremmo abbandonato, nostro malgrado, tutte le iniziative e i progetti che avevamo intrapreso per rendere quel quartiere più vivibile e più partecipato.

Dunque il dado era tratto. Decidemmo di presentarci a quell'incontro come circolo giovanile del consiglio di circoscrizione promotore di quella cerimonia; Morena, la nostra portavoce, si sarebbe iscritta per leggere un comunicato scritto a quattro mani con Lapo sulla base dei nostri ragionamenti comuni.

Quel sabato mattina la sala del Garibaldi era strapiena; erano presenti cittadini comuni ma soprattutto militanti dei partiti e dei sindacati appositamente mobilitati per l'occasione. Morena era l'ultima relatrice prima dell'intervento conclusivo del rappresentante del Comune. Avevano provato a non inserirla nella lista ufficiale dei relatori. Accampavano scuse varie: troppi oratori già iscritti, poco tempo a disposizione. Avevano chiesto a Morena il testo del suo intervento. Lei si era rifiutata di consegnarlo. Appena lei ce lo riferì Lapo commentò:
"Vedrai che non ti faranno parlare".

Lei era tesa e scura in volto. Notai più volte che il suo sguardo cercava il mio. Aveva paura, forse le infondevo sicurezza. Iniziò la cerimonia. Sfilarono gli oratori ufficiali. Ognuno parlava per conto del proprio partito, sindacato o associazione che aveva aderito all'evento. Ascoltarli era una noia colossale. Leggevano dei comunicati del tutto simili tra loro. Moro veniva celebrato come grande uomo e statista ed erano evitati cenni o riferimenti ai contenuti delle sue lettere dal carcere, a come non si era voluto o saputo salvarlo e alla farsa di quel funerale di Stato senza la sua bara. Morena era agitatissima. Sembrava la candidata a un imminente esame universitario; non vedeva l'ora di trovarsi davanti alla platea e nello stesso tempo ne era terrorizzata. Ogni volta che un oratore terminava il suo intervento lei si aspettava di essere chiamata dal presidente ma non giungeva mai il suo turno. Ci accorgemmo che la scaletta degli interventi era stata cambiata, davano la parola a oratori che non erano neanche iscritti. Quando finalmente avrebbe dovuto parlare Morena, come si temeva, non la chiamarono; il microfono fu brandito dal rappresentante ufficiale del comune che aveva il compito di sintetizzare gli interventi precedenti e concludere l'incontro. Ricordo che era un avvocato, era uno dei pochi presenti in giacca e cravatta. Era semi calvo, aveva una barba che gli ricopriva il mento e le labbra lasciandogli scoperte le guance. Era alto e imponente. Morena si alzò dal suo posto, rivolta verso il tavolo di presidenza ad alta voce rivendicò il suo diritto a parlare per conto del circolo giovanile. Ci eravamo alzati anche noi, urlavamo che era un nostro diritto esprimere le nostre idee e commemorare, non solo Moro, ma anche Peppino. L'oratore, sfruttando la potenza del microfono, non ci considerò e iniziò l'ennesima litania sul presidente defunto. Abbandonati i nostri posti ci eravamo raggruppati sul lato sinistro della sala per dirigerci verso il tavolo della presidenza; tra noi non c'era nulla di concertato, ma se non ci avessero fermati ci saremmo impadroniti del microfono sottraendolo a quel politicante che in quel momento si stava facendo bello sulla pelle di Moro.

Ci trovammo circondati da una specie di servizio d'ordine palesemente predisposto per tenerci a bada. Uno di loro, con le buone, tentava di convincerci a tornare al nostro posto e far parlare liberamente l'assessore. Mentre il relatore, un po' confuso aveva interrotto il suo comizio a causa del trambusto che stavamo creando, si udì forte e chiara la voce di Morena:

"Fateci parlare. Siete dei fascisti. È questa la vostra democrazia? È questo il rispetto che avete per Moro. Hanno ammazzato un ragazzo che combatteva la mafia, anche lui ha diritto di essere ricordato!"

L'oratore, udite le parole della ragazza e gli insulti che gli giungevano da me, Lapo e dagli altri, riprese il suo intervento rivolgendo il suo sguardo tetro verso di noi. Con il braccio teso e l'indice rivolto verso di noi urlò con quel suo vocione baritonale amplificato dal microfono:

"Noi siamo qui per ricordare il sacrificio di un grande statista e uomo di democrazia, non per celebrare la fine di un terrorista che, fino a prova contraria, è morto mentre stava per far saltare in aria un treno pieno di persone per bene che andavano a studiare e a lavorare."

Non ci aspettavamo che quell'individuo fosse così supinamente allineato alla versione ufficiale. Quelle falsità fecero scoppiare ancora di più la nostra rabbia. Lapo a quelle parole aveva perso il controllo. Stava cercando di superare quel servizio d'ordine schierato a protezione dell'oratore. Quegli energumeni non aspettavano altro. Lo afferrarono e lo spinsero verso l'uscita laterale che in quel momento era nascosta da una pesante tenda rossa, tipica dei cinema di quel tempo, che, per il trambusto, ondeggiava paurosamente minacciando di cadere rovinosamente sul pavimento.

Morena aveva capito che eravamo in pericolo. Ci esortò ad andarcene e a ubbidire a quei tipi minacciosi che aveva di fronte, ci avvicinammo verso l'uscita già raggiunta da alcuni di noi. All'improvviso tra i nostri antagonisti riconobbi quel soggetto che qualche giorno prima aveva aggredito Lapo e mi aveva costretto a difenderlo. Aveva l'occhio destro ancora tumefatto. Anche lui mi riconobbe, senza tanti preamboli mi saltò addosso. Finimmo a terra, mentre qualcuno tentava di dividerci sentii un forte e ripetuto dolore al mio fianco destro. Riuscii ad alzarmi e a vedere in faccia quello che mi stava prendendo a calci. Cercai di raggiungerlo, ma era Lapo che mi bloccava da dietro e mi strattonava per farmi uscire da quella sala. La tensione era molto alta. Ci trovammo tutti nel corridoio laterale. Fummo raggiunti da agenti in borghese della Digos che ci chiesero i documenti e ci invitarono ad andarcene se non volevamo finire in gattabuia. Ci rifugiammo nella nostra sede. Morena piangeva. Si sentiva impotente. Non riusciva ad accettare quel gioco di potere che trasformava la vittima di un omicidio in un maldestro terrorista vittima della sua stessa bomba.

Proprio mentre rivedo ancora nitido dentro di me il volto disperato di Morena, quello incazzato di Lapo e quello odioso dell'oratore, mi sento chiamare dalla segretaria della direttrice della struttura con cui ho l'appuntamento. Mi avvisa che è appena arrivata, mi sta aspettando in una sala riunioni del terzo piano. In quel momento provo la stessa sensazione di quando ci si risveglia bruscamente da un sogno che ci stava emotivamente attanagliando. Realizzo con un certo mio stupore che non avevo raccontato quella storia alla tassista, la stavo invece rivivendo dentro di me dopo essermela apparentemente dimenticata per lungo tempo. Ogni tanto mi capita che la mia memoria operi in modo visivo, mi basta uno spunto qualsiasi, esempio il nome della strada nella quale sono adesso... ed ecco che rivivo emotivamente immagini mentali derivate da mie impressioni sensoriali depositate e apparentemente dimenticate chissà da quanto tempo.

Esco dall'ascensore, percorro un lungo corridoio in cui si aprono tante stanze adibite ad uffici. Dalla targhetta sulla

porta individuo la stanza nella quale mi stanno attenden-
do per la riunione. Entro, mi presento alla direttrice, sono
gentilmente invitato ad accomodarmi in un tavolo circolare alla destra della scrivania della mia interlocutrice. È
un tipo deciso che va per le spicce. Ha un viso rassicuran-
te, degli occhi castani molto espressivi, capelli lunghi raccolti in una coda di cavallo, da riprendere visto che l'elastico rosso che la tiene ferma si è allentato e sta mollando
la sua presa. Nel complesso anche lei sembra più giovane
di quel che dovrebbe essere la sua età anagrafica. Mi chie-
de se ho bisogno di un caffè prima di iniziare il meeting,
le rispondo che sono a posto. Nell'ambito di quei preliminari tra controparti che servono a rompere il ghiaccio,
le chiedo come mai il centro sanitario e la via dove sorge
fossero dedicati a Felicia Impastato e al figlio. Al contrario
della tassista la mia interlocutrice sa molto bene chi siano
quei due. Ritenendo che io non lo sappia mi precisa che
era una donna che aveva lottato con grande coraggio e
determinazione affinché gli assassini di suo figlio fossero
processati e condannati. Erano entrambi due belle e nobili
figure che meritavano che si dedicasse loro quella struttura e anche la strada dove sorgeva. Aggiunge con una certa
enfasi che chi si è immolato per la verità e la giustizia non
deve mai essere dimenticato. Mi limito a prendere atto di
quella spiegazione come se non fossi mai stato coinvolto
da quella vicenda in un mio passato ormai molto lontano
poi… spazio al business!

Concluso positivamente il mio incontro d'affari sono di
nuovo in strada in attesa di un taxi che mi dovrà ripor-
tare nel centro della città. La solita signorina del centralino della mattina mi ha preavvertito che Alfa 58 sarebbe
giunto dopo cinque minuti. Dunque la bella tassista con
il suo Sirio 19 è affaccendata altrove e quindi non avrò il
piacere di riaverla come autista per il mio rientro in città
come avrei desiderato. Peccato. Ora che avevo rivissuto

tutto il mio lontano coinvolgimento su Impastato avrei potuto raccontarglielo con dovizia di particolari davanti a un aperitivo sul mare di Lerici, sempre che avesse accettato un mio invito. Chissà se una storia come quella che ho vissuto e che mi sono appena narrato le sarebbe interessata. Certamente mi avrebbe chiesto come fosse finita tra me e Morena. Forse a una donna interessano questi dettagli piuttosto che il contesto politico e storico in cui si sono sviluppati. In tal caso l'avrei informata che dal giorno dell'assemblea al Garibaldi l'avevo rivista poche volte, sempre di sfuggita. Le dimissioni dal Circolo le avevamo rassegnate davvero, quindi niente più occasioni per incontrarla. Provai a telefonarle a casa senza mai trovarla, in un incontro fortuito sull'autobus dopo qualche convenevole, tentai invano di strapparle un appuntamento per una passeggiata. Disse di no, evidentemente non ero il suo tipo. Dopo che me ne andai da Spezia, non seppi più nulla di lei. Anche Lapo e gli altri ne hanno perso le tracce. Quando incontro qualcuno di loro, ogni tanto chiedo sue notizie, non ne sanno nulla. Più volte, anche di recente, ho provato a rintracciarla su facebook o su google: è invisibile a tutti i radar social e mediatici. Avendo un po' di anni sulle spalle, se ripenso a persone delle quali ho perso i contatti e che in passato hanno avuto qualche impatto emotivo su di me, sono preso dalla curiosità di sapere quale sorte la vita gli abbia assegnato. Se oggi cerco di immaginare cosa sia diventata Morena, diversamente da me, ne sono certo, la immagino ancora impegnata politicamente e socialmente. Non riesco a raffigurarmela in un ruolo ordinario di madre o di moglie ma, nella vita, si cambia, spesso i ruoli più semplici e scontati sono quelli che ti appagano di più.

Di una cosa che la riguarda sono sicuro e pronto a scommetterci: ovunque essa sia, lei avrà seguito le vicende processuali di Peppino e, come me, avrà gioito quando il boss Badalamenti e gli altri mafiosi sono stati finalmente condannati all'ergastolo. Sono certo che si sarà molto indignata quando un'apposita commissione parlamentare confermò i deliberati depistaggi e la manipolazione delle prove per far apparire quell'omicidio come un improbabile qualcosa d'altro. Anche Morena, come me e Lapo, si sarà domandata come mai, se noi avevano capito tutto fin dal primo secondo in cui era giunta la notizia di quel crimine; perché ci sia voluto tanto tempo e determinazione per far venire a galla la verità e riabilitare la figura di Peppino.

Carne Umana

Riconoscimenti letterari:

2 Ottobre 2016 Menzione d'onore "Premio Internazionale di Poesia e Narrativa " La Baia dell'Arte Le Grazie - Porto Venere"

13 Novembre 2016 Primo Premio Assoluto "Premio Internazionale Agenda dei Poeti 2016 - Trofeo Città di Milano.

7 Maggio 2017 Primo Premio Narrativa Inedita Concorso di letteratura Città di Pontremoli.

15 Luglio 2017 – "Premio Letterario Internazionale Citta' di Sarzana 2017" Ass.ne Culturale Poeti Solo Poeti Poeti.

Sono anni che non metto piede su un mezzo di trasporto pubblico. Sono costretto a farlo proprio in questi giorni per colpa di un dannato alcool test con risultato positivo. Mi trovo nella mia città di origine per assistere mia madre anziana. È ricoverata in un centro di riabilitazione per i postumi di una frattura. Per raggiungerla, tutti i giorni viaggio in filobus, da un capo all'altro della città. Ha bisogno di essere assistita e aiutata a consumare i pasti ma, soprattutto, risarcita per le mie lunghe assenze in giro per il mondo che, ancora oggi, continua a rinfacciarmi. Manco da questa città da molti anni. Solo fugaci apparizioni: qualche week end, qualche ponte, però per Pasqua e Natale sono sempre venuto, anche se mia madre finge di non ricordarlo.

Dai finestrini di questo filobus che dalla mia casa materna mi sta conducendo verso la clinica ubicata dall'altra parte della città, guardo le strade e le piazze che ho frequentato da ragazzo. Alcune le sto rivedendo per la prima volta dopo almeno trent'anni: appaiono le stesse di allora nonostante sia passato così tanto tempo. Questa linea di filobus è la medesima che utilizzavo quando frequentavo le scuole superiori. Me ne sono ricordato quando ho visto salire degli studenti alla fermata vicina al mio vecchio Liceo. Mi sono divertito a osservarli, li ho confrontati con quel ragazzo che ero allora quando viaggiavo tutti i giorni su questa stessa linea per tornare a casa. Li ho trovati così diversi e così uguali a quello che ero io dopo cinque ore di lezioni. Sono esausti, affamati e del tutto intenzionati a vivere al meglio il resto della loro giornata. Ne hanno già sprecata una buona metà in lezioni apparentemente inutili e inconcludenti. Vestono in modo ricercato, molto simile al look dei grandi; non sanno neanche cosa siano eskimo, tascapane, barbe incolte e capelli lunghi. Possiedono tutti uno zaino della stessa marca, cambia solo il colore; sembra sia l'unico esistente sul mercato. Fanno meno

casino di quello che facevo io con i miei compagni dell'e-
poca. Noi stavamo tutti in gruppo, seduti uno sull'altro;
tentavamo di attirare l'attenzione di qualche ragazza che,
serialmente, ci ignorava. Se non concordavamo qualche
appuntamento serale in Piazza Verdi, non riuscivamo ad
appartarci con la fanciulla di turno nella panchina più nascosta dei giardini pubblici o dietro al faro del Molo Italia.
A quei tempi sms, facebook e whatsapp dovevano ancora
inventarli. Mamme e nonne vigilavano sul telefono fisso
di casa e il loro filtro, neanche tanto discreto, funzionava
benissimo. Questi ragazzi oggi si siedono, sparpaglian-
dosi, dove c'è posto; un attimo dopo si dedicano al loro
sofisticato e innovativo smartphone; gestiscono i like e le
notifiche, rispondono abilmente ai vari messaggi con ve-
locissimi movimenti dei polpastrelli sullo schermo touch
screen. Sono comportamenti che mi lasciano perplesso:
tutta questa innovazione fa bene? Sotto sotto l'invidio,
tutti questi giocattoli tecnologici ai miei tempi li avrei vo-
luti anch'io.

Quando mi capita di viaggiare su un mezzo pubblico, cerco di evitare l'uso di cellulari o tablet salvo che non sia la
mia agente a chiamare per sapere a che punto sono nella
scrittura del mio ultimo romanzo. Preferisco guardare la
città che scorre dai finestrini del filobus su cui sto viaggiando oppure osservare i vari passeggeri che mi stanno
intorno. Quest'ultima è una mia vecchia abitudine. L'ho
maturata quando facevo il pendolare nella metrò milanese durante i tragitti casa-lavoro che duravano più di un'o-
ra. Che altro potevo fare per ingannare il tempo che non
passava mai? Per quasi tutto il percorso ero costretto a
stare in piedi, schiacciato come una sardina, in un grovi-
glio caotico di corpi di passeggeri. Per distrarmi scrutavo
le persone che mi stavano intorno, spesso mi concentravo
su qualcuno o qualcuna che, per qualche suo recondito
particolare, aveva attirato la mia attenzione. M'intrigava

intuire i segreti che potevano celarsi dietro un viso, un look particolare o dedursi da minuziosi dettagli quali il titolo del libro o il giornale che reggevano tra le mani quando le nostre esistenze si trovavano casualmente a contatto anche di pochi centimetri. Non avevo la pretesa di indovinare realmente quale personalità si celasse dietro il viso di chi avevo preso di mira. Mi dilettavo nel costruire nella mia immaginazione il romanzo della vita di chi osservavo; era una sorta di personale esercitazione letteraria; era la scrittura di un racconto, senza usare carta e penna, che svaniva non appena si riaprivano le porte di quel vagone per poi, talvolta, tornarmi in mente al cospetto di nuove pagine bianche da riempire.

Anche in questo momento, oltre a guardare dal finestrino vie e piazze dove, decenni fa, passeggiavo abbracciato a qualche ragazza o sfilavo in qualche corteo studentesco pieno di rabbia e di speranza, non perdo l'occasione di osservare le persone che salgono o scendono dal filobus sul quale sto viaggiando. I passeggeri di una città di provincia sono molto diversi da quelli della metrò milanese che sconfinava verso est. Conversano con gli altri viaggiatori nonostante non si conoscano tra loro. All'improvviso qualcuno esprime un'opinione ad alta voce come se parlasse da solo; istantaneamente si accendono vivaci discussioni, inevitabilmente emerge che tutto va male: i politici sono ladri, il traffico è bestiale e infine niente è più come una volta quando si stava meglio... anche se si stava peggio.

Oggi pomeriggio il mezzo pubblico su cui sto viaggiando è semivuoto. I negozi del centro stanno per riaprire dopo la pausa di mezzogiorno. Mi sono seduto nell'ultima fila di sedili, proprio nell'angolo posteriore sinistro. Ho la massima visibilità verso l'esterno pur dominando visivamente anche l'interno del mezzo. Alla fermata di Piazza

Brin sono salite delle ragazze molto carine, forse sono commesse di qualche boutique del centro. Squilla il mio cellulare, è la mia agente, mi coinvolge in una conference call telefonica con una traduttrice francese un po' troppo ansiosa. Per fortuna devo solo ascoltare e intervenire raramente. Con la mano sinistra appoggio il telefonino al mio orecchio, il braccio destro lo tengo disteso sul bordo superiore dei due seggiolini al mio fianco. Quando giunge il momento topico della conferenza telefonica non mi accorgo che accanto a me si è appena seduta una donna piuttosto anziana. È vestita modestamente, sta viaggiando in compagnia di un nipotino di circa dieci anni che ha preso posto di fronte a noi due. La conversazione telefonica si conclude. Ripongo il cellulare nella tasca della mia giacca. Osservo il ragazzino: ha un viso simpatico, i chili di troppo non gli mancano, nell'insieme gli procurano un aspetto gradevole e accattivante. Mi guarda con la coda dell'occhio, non riesce a trattenere delle risatine che tenta di nascondere voltandosi verso l'uscita. Che cosa avrà da ridere? Sembra che sia io a divertirlo un mondo. Forse ha udito le frasi di commiato alla fine della mia precedente telefonata mentre ringraziavo le due signore per avermi concesso l'ennesima proroga. Mi volto verso la nonna, immediatamente mi rendo conto che il mio braccio destro è ancora disteso sui bordi dei due sedili adiacenti quello dove sono seduto. Per come è posizionato sembra che la stia abbracciando poiché l'interno del mio braccio è appoggiato alla parte posteriore del suo collo. Lei sembra piuttosto imbarazzata per questa situazione. Appena i nostri sguardi s'incrociano lei coglie la sorpresa dipinta sul mio volto nel momento in cui mi rendo conto che, involontariamente, con il mio braccio le sto cingendo le spalle da almeno dieci minuti. Ora lo sposto discretamente in una posizione più confacente. Con un sorriso mortificato, mi scuso con lei. Osservo il nipotino che, senza freni, sta morendo dalle risate per aver visto un signore così distinto, come potrei apparire ai suoi occhi, avvolgere sua nonna in modo così goffo. Dallo sguardo materno della donna ho dedotto che ha compreso l'involontarietà del mio gesto e la sincerità delle mie scuse. Quell'intimità appena dissolta l'autorizza a raccontarmi un po' di fatti suoi. Parla con voce bassa, in un misto d'italiano e spagnolo. Capisco poco di quel che mi dice, anche per via del rumore del motore. In alcuni momenti faccio finta di ben comprendere quello che sta mormorando. Annuisco con gentilezza alle sue affermazioni, il senso comunque lo colgo; mi sta raccontando che spesso, durante i suoi frequenti spostamenti in autobus, sia respinta e allontanata in malo modo, in particolare da signore italiane che non sopportano di averla troppo vicina nella calca delle ore di punta. Mi racconta che recentemente una donna le ha urlato di starle lontano facendo capire ai presenti, con gesti inequivocabili, di non sopportare il suo odore. Lei ha provato a spiegarle che era un suo diritto viaggiare su quel mezzo pubblico e sedersi dove le pareva, ma quella rincarava il suo disgusto alzando più forte la voce per attirare l'attenzione degli altri passeggeri. Credo di aver compreso, non ne sono sicuro, che a quel punto l'anziana donna abbia deciso di non reagire perché proprio in quel momento stava per raggiungere la stazione ferroviaria per recarsi a Roma ad un'udienza di Papa Francesco. Vista la spiritualità di quel suo pellegrinaggio incombente, non riteneva fosse il caso di rispondere per le rime a una donna così intollerante. Nel raccontarmi quella vicenda che l'aveva così tanto umiliata, ha usato una locuzione che mi ha molto sorpreso: «…siamo tutti carne umana…».

Quella frase, nel suo lungo soliloquio, l'ha ripetuta almeno dieci volte, l'ha mescolata con dei termini spagnoli che ho faticato a comprendere, l'ha scandita più volte sottolineandola con il tono della voce e pronunciando lentamente ogni sillaba che la componeva. Sono certo che in quella semplice frase pronunciata con convinto orgoglio fossero racchiusi tutti i valori e la dignità che fino ad oggi hanno caratterizzato il suo semplice percorso di vita. Quel moccioso ora ha smesso di ridere, è sorpreso che sua nonna stia conversando così intensamente con un estraneo. La sta guardando negli occhi. Lei gli fa cenno che è giunto il momento di scendere. Chiedo loro dove siano diretti. Lui, felice come una Pasqua, risponde che stanno per recarsi in centro per comprare delle scarpe nuove. Su quella frase la vecchia attacca immediatamente una tiritera su quante calzature consumi quel monello per colpa di quei piedini che non smettono di crescere. Nonna e nipote si alzano, mi salutano con un sorriso di complicità, sembriamo grandi amici da chissà quanto tempo.

Il mio viaggio prosegue. Il filobus adesso è abbastanza pieno. I sedili sono tutti occupati. Osservo una signora e un ragazzo di circa dodici anni che le siede accanto, entrambi sono intenti a spippolare il loro smartphone incuranti di quel che succede intorno a loro. Lei è impeccabilmente truccata e ben vestita. Borsa, foulard e scarpe sono in perfetta sintonia cromatica. Vicino al ragazzo, in piedi, c'è un'altra donna. Mi piace la sua figura, ha un viso dolce con una frangetta che la rende un po' sbarazzina, nonostante dimostri almeno una quarantina d'anni. Ha i capelli raccolti in uno chignon tenuto insieme da un fermaglio color avorio di foggia vagamente etnica. Ha degli occhi sorridenti. Si guarda continuamente intorno con l'espressione di chi cerca di vedere il bello della vita e quello della gente. Mi sembra una di quelle persone più avvezze a guardare il bicchiere mezzo pieno ignorando la parte metà vuota. Indossa degli abiti semplici: pantaloni neri, una camicia di raso color carne un po' aperta sul seno e un giubbotto di pelle aderente. Noto che spesso sofferma il suo sguardo sia sulla donna sia sul ragazzo seduti accanto a lei. Non si accorge che la sto osservando, anche se, più volte, le nostre traiettorie visive si siano incrociate.

Sul suo viso s'intervallano espressioni varie, forse quel ragazzino le ricorda qualcuno in particolare. Interpreto da qualche cenno del suo volto segnali inequivocabili di deplorazione, forse non le piace vedere una madre e il figlio che, viaggiando insieme, una accanto all'altro, non si guardano e non conversano, concentrati come sono su quei piccoli schermi.

La donna si sta girando. Ora mi volta le spalle. Deduco che abbia caldo. Agita velocemente la mano destra verso il suo viso, cerca un po' di refrigerio da quel minimo spostamento d'aria che riesce a generare. È un movimento che non le procura sollievo perché sta sfilando il giubbotto che indossa. È rimasta in camicia, è talmente aderente che le sembra cucita addosso. Noto dal mio punto di osservazione che è dotata di un corpo perfetto: spalle ben disegnate, fisico asciutto, vita sottilissima e un lato "b" niente male. Adesso, il sole comincia ad allinearsi con la sommità delle colline che coronano la città e che purtroppo nascondono la sua imminente immersione nel mare di ponente. Quella luce così intensa illumina la donna, in contrasto con l'oscurità della parte anteriore del filobus posta dietro di lei. Il viso è rivolto verso sinistra. Il collo alto e slanciato è appena celato dal colletto della camicetta. Vederla in quella posa istantanea, avvolta da quel casuale gioco di luci, mi ricorda all'improvviso una celebre foto di Man Ray: "Le violon d'Ingres". È un'immagine che mi è molto cara; in qualche punto strategico degli appartamenti dove ho abitato ne ho sempre esposta una copia. In contrasto con un fondale nero è ritratta la schiena nuda di Kiki de Montparnasse. Era la modella e compagna di vita del celebre fotografo americano. Il profilo del suo dorso, la linea dei suoi fianchi, l'assenza delle braccia completamente celate dal suo corpo e, infine, la parte superiore delle sue natiche appoggiate al bordo di un letto, riproducono la forma di quell'armonioso strumento musicale che è la viola. È solo per un attimo che la Kiki di Man Ray e la donna che sto osservando mi sono sembrate un tutt'uno. Per uno scrittore, è molto più difficile raffigurare con parole scritte anziché con filtri e obiettivi un'immagine femminile così particolare che si materializza per pochi attimi. In questo momento sono inebriato dalla figura di quella sconosciuta che voltandomi inconsapevolmente le spalle ha scatenato questa mia ridda di emozioni. In una sorta di trans felliniano, vorrei perfezionare quell'immagine che ho scattato dentro di me disegnando, con un pennarello nero, le due stesse chiavi di violino che Man Ray aggiunse in modo posticcio sulla schiena della sua musa, rendendo quella foto unica e immortale.

Sto riflettendo sul fatto che quella donna in questo momento potrebbe immaginare qualsiasi cosa, non che le forme del lato posteriore del suo corpo abbiano potuto suscitare in un passeggero che la sta discretamente osservando da due minuti le sensazioni che ho appena descritto. Non conosco il suo nome, sento il bisogno di dargliene uno, da questo momento non posso che chiamarla Kiki. Il filobus su cui stiamo viaggiando si è appena immesso in una via contornata di alti palazzi. Quell'incanto di giochi di luce è svanito, l'interno di quel mezzo pubblico ha riassunto ai miei occhi la sua ordinarietà.

Ora la mia Kiki si è voltata. Ha un'espressione corrucciata come se fosse focalizzata su qualche pensiero ansioso che la riguardi. Osservo il suo viso, cerco di immaginare chi possa essere, quale sia la sua traiettoria di vita, da dove venga, dove stia andando. Mentre il filobus sta per fermarsi in Piazza Verdi lei guarda in direzione dell'uscita. Stanno per salire nuovi passeggeri. Spero che questi nuovi intrusi non si frappongano tra me e lei proprio adesso che è diventata la star indiscussa della mia attenzione. Avverto nel suo sguardo un improvviso lampo di curiosi-

tà. Sta fissando un anziano signore appena salito sul mezzo. Leggo nei suoi occhi che sta percependo un problema e ricercando una rapida soluzione. Guardo quell'uomo, noto che una mascherina trasparente gli copre naso e bocca. Sotto il braccio porta un marchingegno strano, forse è un erogatore di ossigeno che lo aiuta a respirare. Il vecchio è in piedi, può reggersi solo con la mano libera agli appositi sostegni: rischia di cadere. Lei si guarda intorno per individuare un posto dove quell'uomo si possa sedere. Non ce ne sono. Anche se sono troppo lontano, sento il bisogno di alzarmi per invitare quell'infermo ad accomodarsi al mio posto. Kiki ora sta guardando il ragazzino, poi la madre, poi ancora il figlio che è il più vicino a quell'uomo. Entrambi non si sono accorti di nulla, continuano imperterriti nel loro cazzeggio virtuale. Lei, con la punta delle sue dita, scuote la spalla del giovane, lui reagisce con uno sguardo tra il sorpreso e l'irritato proprio mentre lei, perentoriamente, lo invita ad alta voce ad alzarsi per far posto all'anziano. Il ragazzino assume un'espressione inebetita, la madre nell'udire quel sollecito così esplicito rivolto a suo figlio stacca lo sguardo dal suo cellulare proprio mentre Kiki sta scuotendo con la sua mano la spalla del ragazzo per indurlo una seconda volta ad alzarsi. È una scena che mi rimarrà sempre impressa. Da un'espressione stupefatta, la signora, ne assume una rabbiosa che la fa esplodere:
«Come si permette di mettere le mani addosso a mio figlio e, per giunta, dirgli cosa deve fare! Io sono sua madre, se ha qualcosa da dire la dica a me!»
Kiki la guarda sorpresa, non capisce. C'è un vecchio da mettere urgentemente a sedere, si aspettava una gara di solidarietà tra passeggeri, in primis, da quel ragazzino e dalla madre. Quella mancanza di senso civico dei presenti le appare incredibile. È però ancora convinta che la sua iniziativa possa essere percepita per quello che è: una semplice segnalazione affinché un passeggero, a causa

delle sue precarie condizioni di salute, possa trovare un posto libero per proseguire il suo viaggio in migliori condizioni. Kiki tenta di spiegare alla donna questo concetto ma quella non tollera che una qualsiasi estranea possa impartire ordini a suo figlio davanti a lei. La sua reazione è sopra le righe:

«Lei... stia zitta, la smetta di importunare mio figlio altrimenti chiamo i vigili! Lei è una gran maleducata, non ha nessun diritto di dirgli cosa deve fare. Si faccia gli affari suoi. Noi abbiamo pagato il biglietto e possiamo sederci dove ci pare. Lei che è una straniera ha timbrato il biglietto? Me lo faccia vedere!»

Ha un attimo di esitazione, si guarda intorno in cerca di solidarietà, rivolgendosi verso i passeggeri aggiunge:

«Non se ne può più di questi extracomunitari, vengono in casa nostra e pretendono di comandare e dirci cosa dobbiamo fare, se ne stiano nel loro paese!»

Ero sorpreso nell'apprendere che Kiki fosse una straniera, non avevo colto nessun segno somatico che mi potesse dare quell'indicazione, fino a quel momento per me era e restava una donna molto affascinante con un animo ben disposto a gestire e risolvere situazioni complesse. Agli improperi dell'italiana, Kiki tira fuori dalla tasca dei suoi pantaloni il tesserino del suo abbonamento, glielo sventola sotto il naso:

«Sono straniera ma non sono maleducata come lei, ho solo cercato di far sedere quest'uomo e mi sono rivolto a suo figlio come se fosse il mio.»

La signora a fronte di quell'appropriazione indebita non ci sta. È furibonda. Più è attaccata più reagisce. Quella subdola insinuazione sul fatto che Kiki stia viaggiando a sbafo si è ritorta contro di lei ma non molla la presa:

«Lei non si permetta di dare ordini a mio figlio, si occupi dei suoi, di figli, chissà dove li ha abbandonati se li ha..., se non le piace stare in Italia... se ne torni al suo paese».

L'anziano è visibilmente mortificato per quel battibecco che lo riguarda, prova ad attirare l'attenzione delle due donne minimizzando la sua necessità di doversi sedere. Questo suo tentativo è un involontario assist a favore della signora italiana, se lo gioca a suo favore:

«Ecco, vede, se era necessario, mio figlio si sarebbe alzato da solo senza bisogno del suo intervento. Stia tranquilla, sappiamo come comportarci. Andate via o statevene zitti! Rispettate la nostra civiltà e le nostre abitudini… abbiamo ancora molto da insegnarvi!»

La straniera non riusciva a comprendere il motivo per cui il suo intervento, così ovvio e scontato, potesse essere interpretato così negativamente senza che nessun passeggero, escluso il vecchio, fosse intervenuto a suo favore. Neanche un cane si era alzato! Chi non aveva visto, chi tanto sarebbe sceso alla prossima fermata, chi riteneva che altri prima di lui dovessero farlo. Una donna, proprio ora, ha fatto sedere il vecchio nel posto che avevo lasciato libero prima di avvicinarmi alle due contendenti. È piuttosto imbarazzato. Ha apprezzato l'intervento di Kiki e si sente umiliato per quell'aggressione verbale, da lei appena subìta per aver cercato di essergli di aiuto. Avverto che sta commentando quella scena con la sua vicina di posto, percepisco solo una sua frase che mi basta e avanza:

«Signora, ormai sono abituato, mi vergogno di essere italiano, se avessi meno anni e non fossi malato me ne andrei, non è più la mia Italia.»

Ora colgo sul volto di Kiki un'improvvisa espressione di panico. Si è appena accorta di aver saltato la sua fermata. Si precipita verso l'uscita, suona ripetutamente il campanello, sul suo viso si accavallano lampi di tensione e rabbia. Probabilmente quel contrattempo le sta creando dei seri problemi, forse arriverà in ritardo al lavoro o a qualche appuntamento importante. Quella fuga forzata è

un altro assist per l'italiana. Continua a coprirla d'improperi con una virulenza irritante e fuori luogo. In questo
momento sto provando un fastidio sfrenato verso quella
strega. Vorrei che sprofondasse all'inferno… ovviamente
quello dantesco. Non realizzo in quale girone ficcarla. La-
scio al Sommo Poeta l'incombenza di sceglierle il castigo
più appropriato.

Kiki è in ansia, non vede l'ora che il mezzo su cui stiamo
viaggiando si fermi e si aprano quelle porte che le per-
mettano di fuggire da quella situazione incresciosa. Ora
le sono vicino, ci separano pochi centimetri, i nostri occhi
s'incrociano, lei sfugge al mio sguardo e anche a quello
degli altri viaggiatori. Con quel visino corrucciato è ancora più bella. I suoi occhi sono un libro aperto. Si legge
ogni cosa che le passa per la mente. È una persona che
viene da lontano, ha visto altri mondi, vissuto altre realtà,
è un essere che ancora si stupisce per le novità che incontra sulla sua strada e che ancora s'indigna per le cose
negative che la coinvolgono. È una che crede che chiunque le stia accanto, che sia un parente o un estraneo, sia:
"carne umana".

La signora, nonostante la straniera abbia guadagnato l'u-
scita, sta ancora commentando con i vicini di posto quanto sia stata insolente quella donna che ha osato alzare le
mani su suo figlio e ha preteso di insegnargli l'educazio-
ne. Gli altri passeggeri non osano contraddirla, temono di
rimanerne vittime a loro volta, per via di quell'indole così
aggressiva che la caratterizza. Assecondano le sue ragioni, lo fanno in quel modo ipocrita di chi non vuole immi-
schiarsi in beghe che non lo riguardano, sono rassegnati,
non c'è nulla da fare, il mondo è cambiato, in autobus non
si alza più nessuno per cedere il posto a un anziano o a
una donna incinta.
Scendo casualmente alla stessa fermata della signora e del

figlio. Li seguo con lo sguardo. La sua rabbia si sta placando, mentre il ragazzo le cammina a fianco silenzioso. Vorrei fermarla, dirle che quella straniera non ha recato nessuna violenza al ragazzo, non intendeva sostituirsi alla legittima madre, voleva solo aiutare quel vecchio. Desisto. Certi valori e certe sensibilità ognuno dovrebbe possederle dentro di sé, se non si possiedono non verranno mai fuori. Kiki è una donna che li ha… ne sono certo.

È già trascorso qualche giorno da quando mi sono imbattuto sia nella vecchia ispanica sia nella straniera. Entrambe mi sono rimaste impresse. Più volte ho rivissuto dentro di me quelle due vicende così diverse così strettamente collegate. Provo uno strano desiderio di rivedere sia la vecchia con il nipote, sia Kiki. Forse avrei potuto regalare a quel simpatico nipotino un bel paio di scarpe nuove o confessare a quella misteriosa straniera quanto sia stato emozionante, in quei pochi minuti, osservarla, ammirare le forme del suo corpo e, nel contempo, apprezzare quella gentilezza d'animo e generosità così spontaneamente manifestata.

Incredibile! Proprio mentre sto pensando a Kiki… si è improvvisamente materializzata. L'ho appena vista dal finestrino del filobus su cui sto viaggiando. Non ho avuto un attimo di esitazione: è lei, la riconoscerei tra mille donne. Cammina con passo veloce lungo un marciapiede. Sento fortemente il bisogno di raggiungerla. Mi precipito verso l'uscita. Prenoto la fermata successiva. Mannaggia! Il punto dove l'ho vista si sta allontanando. Mancano ancora 500 metri prima che possa scendere!

Sono finalmente fuori dal mezzo. Sto camminando nella direzione opposta al suo percorso. Mentre guardo lontano sperando di scorgerla mi chiedo con quale pretesto intendo fermarla. Che cosa le dirò? Lei è una persona molto seria, non vorrà dare confidenza ad uno sconosciuto. Ho raggiunto il punto da dove l'avevo vista dal filobus: è scomparsa. Sarà entrata in un portone fra i tanti palazzi di questo viale, forse è dentro qualche negozio. Improvvisamente mi rendo conto che sto vivendo una scena molto simile a quella di un film famoso: è il drammatico epilogo del Dottor Zivago. Il protagonista, dal tram dove sta viaggiando, riconosce Lara, la donna della sua vita, mentre passeggia ignara lungo un marciapiede; lui ne ha perso le tracce nel contesto delle tragiche vicende della rivoluzione russa. Lui scende dal mezzo, la rincorre, per l'emozione si accascia al suolo stroncato da un infarto. Come Zivago sono sceso precipitosamente dal mezzo, il mio cuore ha retto ma nemmeno io sono riuscito a raggiungerla. Mentre mi guardo attorno provo uno strano disagio. Non so nulla di lei, mi è rimasto un intenso ricordo. Ho tuttavia una certezza... forse Kiki l'ho conosciuta più di chiunque altro.

In margine alla guerra delle Falkland

Riconoscimenti letterari:

Premio Racconto dell'Anno, Il Circolo di Arese Edizione 1996.

L'odore di una ragazza è meglio delle biblioteche del mondo intero.
da "Omeros" Adelphi 2003
Derek Walcott (premio Nobel 1992)

Sotto una pioggia fitta e battente, che sembrava non dover mai finire, Bruno cercava di ripararsi come meglio poteva sotto la pensilina della fermata dell'autobus adiacente alla sua abitazione. «Questa primavera», pensava «Che non arriva mai!»

Il suo autobus invece giunse in perfetto orario, accompagnato da un acuto stridore di freni. Come altre mattine, il ragazzo salì, timbrò il biglietto, prese posto in un sedile della parte anteriore del mezzo, alle spalle dell'autista.

Si stava recando alla biblioteca comunale per preparare uno dei suoi ultimi esami universitari. Era iscritto all'ultimo anno della facoltà di giurisprudenza. Si riteneva piuttosto soddisfatto di essere giunto al termine dei propri studi. La tesi era già in bozza. Presto l'avrebbe discussa nella sala storica della sua facoltà.

Era in pari con gli esami con una eccellente media dei voti conseguiti; quegli ottimi risultati gli erano costati molto cari. Si era più volte chiesto se ne fosse valsa veramente la pena rinunciare, nel modo che aveva fatto, a tutte quelle opportunità che la vita poteva riservare ad un ragazzo della sua età. Gli piaceva essere impegnato politicamente, era stato eletto nel consiglio di circoscrizione del quartiere dove abitava con un inaspettato buon numero di voti. Riunioni, assemblee e discussioni assorbivano troppe sue energie finendo per rubargli troppo tempo agli studi. A un certo punto, proprio quando gli avevano prospettato una possibile candidatura nel consiglio provinciale, si dimise da quella carica pubblica nonostante le resistenze dei suoi colleghi che ne avevano apprezzato l'impegno e le competenze. Giocare al calcio in una squadra giovanile richiedeva tre faticosi allenamenti settimanali e lunghi viaggi per le trasferte anche fuori regione: nel momento decisivo per la sua squadra che lottava per la promozione nella categoria superiore, cominciò a saltare qualche partita, finché le sue scarpette finirono attaccate al classico chiodo.

Alto, slanciato, con penetranti occhi azzurri, con le ragazze non aveva mai avuto problemi. Dopo molte storie piuttosto fugaci aveva stabilizzato una relazione con una ragazza dagli occhi verdi che lo attraeva molto. Ben presto si rese conto che quel rapporto era pieno d'impegni che assorbivano la maggior parte del suo tempo disponibile. Lei era molto innamorata e, per questo, piuttosto esigente e possessiva, si aspettava di uscire con lui dalla mattina alla sera, in particolare il sabato e tutta la domenica. Lo chiamava al telefono in continuazione solo per sentire la sua voce e rassicurarsi che stesse bene e che fosse amata alla follia. Lei giocava in una squadra di pallavolo, lo voleva sempre sugli spalti per le sue partite, a ogni allenamento lui doveva attenderla fuori dalla palestra per accompagnarla a casa fuori città con la sua cinquecento blu. Lui, nonostante le avesse spiegato più volte che così non poteva andare avanti, si rese conto che era necessario scegliere: o lei o gli esami! Che dire?, trionfò la razionalità e così Bruno, apparentemente libero da ogni impegno, dedicò ogni sua energia a quei dannati libri.

L'autobus arancione raggiunse la fermata posizionata proprio di fronte alla sede della biblioteca, il ragazzo ne discese, acquistò nell'edicola vicina un quotidiano e con passo veloce si diresse verso l'antico edificio pubblico per dedicarsi ai suoi studi.

Entrò nel buio androne, salì la scalinata, raggiunse la sala di consultazione, prese posto in un tavolo vicino alla finestra. Dopo aver sfogliato il giornale appena acquistato, soffermandosi in particolare sulle pagine di politica estera, diede una rapida occhiata fuori dalla finestra e vide che la pioggia scrosciava ancora incessante.

Dal tavolo dove era seduto, riusciva a dominare tutta la sala. Scrutò i presenti alla ricerca di qualche conoscente. C'erano le solite facce: il pensionato in giacca e cravatta con i capelli pettinati all'indietro tutti unti di brillantina che ogni giorno veniva a leggere i romanzi dell'ottocento, ma stranamente sedeva sempre nei tavoli dove erano presenti delle ragazze; la postazione alla sua destra era interamente occupata da studentesse delle scuole magistrali che bigiavano le lezioni con il proposito di preparare il compito in classe dell'indomani, non facevano altro che ridere per tutta la mattina disturbando chi studiava sul serio o almeno ci provava. C'era anche l'immancabile disoccupato di turno, impegnato a spulciare l'ultima Gazzetta Ufficiale alla ricerca di un concorso pubblico per iscriversi. Vide anche una sua compagna di corso con cui scambiò un cenno di saluto e un segno d'intesa per fare due chiacchere a un prossimo break.

Dopo una mezzora, quando era completamente assorto nel capitolo più tosto del librone che stava ripassando, una ragazza si avvicinò al suo tavolo e prese posto proprio di fronte a lui monopolizzando la sua attenzione.

Era molto bella, lunghi capelli neri sciolti sulle spalle, occhi di un color marrone chiaro che impreziosivano un viso molto espressivo sorretto da un collo dalle forme perfette ornato da collane, piuttosto esotiche, che la rendevano ancora più attraente.

Bruno non poteva fare a meno di osservarla, era completamente affascinato da quella presenza. Forse era la prima volta che lei entrava in quella severa sala di consultazione. Aveva l'aria impacciata di chi non ha ben chiaro come comportarsi in quel luogo pubblico. Bruno era certo di non averla mai vista in precedenza in quella sala, una così carina – pensava - se la sarebbe ricordata. Improvvisamente sentì un ardente desiderio di conoscerla. Valutò che, almeno per quella mattina, non avrebbe avuto problemi a trascurare il nutrito programma di ripasso che aveva minuziosamente pianificato all'inizio di quella settimana. Nel silenzio assoluto che regnava in quel luogo non era semplice trovare un pretesto per far nascere un dialogo con quell'attraente sconosciuta che aveva così colpito la sua immaginazione. Forse il momento giusto poteva concretizzarsi nell'atrio dove gli utenti consumavano i loro intervalli oziando tra una conversazione e l'altra. Anche lei, prima o poi, si sarebbe alzata per un break o per una merenda da prelevare dal distributore automatico. Lui avrebbe così potuto avvicinarla sfruttando quel momento di socializzazione, usuale tra i frequentatori di quel luogo, per trovare un pretesto per fare due chiacchere con lei.

Bruno era quindi in allerta. Mentre con la coda dell'occhio seguiva i suoi movimenti, lei aprì un quaderno, poi dalla borsa di cuoio nero appesa sul bordo della sedia tirò fuori un quotidiano di qualche giorno prima e, dopo averlo disteso sul tavolo alla sua destra, cominciò a prendere appunti attingendo informazioni da un articolo accuratamente sottolineato in rosso.

Bruno ne lesse il titolo, notò con compiacenza che la ragazza stava elaborando una ricerca sul caso internazionale del momento: la guerra nelle Isole Falkland che proprio in quei giorni era in pieno corso tra Argentina e Gran Bretagna. Si trattava di un conflitto bellico scoppiato all'improvviso, dopo che il governo militare argentino, per distrarre l'opinione pubblica interna dai gravi problemi del proprio paese, aveva ordinato alle proprie truppe di sbarcare su quelle isole sperdute nell'Atlantico, a poche miglia dalla loro costa, per cacciare via gli inglesi che da secoli ne esercitavano la sovranità.

Bruno era molto ferrato su quel caso e sui relativi risvolti, aveva da poco sostenuto brillantemente l'esame di diritto internazionale e, come relatore, aveva partecipato ad un seminario accademico finalizzato ad approfondire le varie vicende di quel conflitto nell'ambito delle regole allora vigenti sull'uso della forza tra stati e sulla violazione della sovranità degli stessi.

Si convinse che quella coincidenza andava sfruttata subito. Con quella ragazza poteva sfoggiare le sue competenze specifiche offrendosi di aiutarla a realizzare quella sua ricerca. Una delle sue amiche che sedeva accanto a lei si alzò per uscire dal salone. Lui si spostò per sedersi sul bordo della sedia lasciata vuota. Appena le fu vicino, lei lo scrutò a lungo non celando la sua sorpresa per quell'anomala intrusione. Lui le sfoderò il suo miglior sorriso e le propose di fornirle il suo punto di vista su quell'argomento; lei acconsentì con evidente imbarazzo, mentre l'altra sua amica, seduta di fianco a lei, sembrava più interessata a quell'approccio.

Bruno, con aria professionale, inquadrò le varie fattispecie: la violazione da parte dell'Argentina dell'articolo due, paragrafo quarto della Carta ONU, la questione della sovranità e il problema concernente l'autodeterminazione della popolazione locale. Proprio mentre si accingeva a introdurre l'analisi dell'ultima risoluzione ONU, la ragazza, un po' infastidita da quelle argomentazioni molto tecniche, interruppe quella conversazione. Obiettò che in seguito a quel conflitto almeno 200 soldati inglesi erano già morti per effetto dei vari combattimenti, compreso l'affondamento del cacciatorpediniere Sheffield, mentre, nel campo avversario argentino, si contavano almeno 600 morti tra cui 300 colati a picco insieme all'incrociatore General Belgrano affondato da un siluro lanciato dal sottomarino britannico Conqueror.

Lui, piuttosto sorpreso da quel bilancio di vittime snocciolato con tale precisione dalla ragazza che mal si conciliava con la sua visione tutta giuridica di quella guerra, le domandò da quale punto di vista avrebbe dovuto redigere la sua tesina su quel conflitto. Lei le precisò che l'argomento richiesto dalla sua professoressa di lettere era orientato a far emergere la brutalità e stupidità di una guerra scoppiata tra due nazioni ritenute civili, le argomentazioni che le erano state esposte da Bruno non le sembravano appropriate. Lui non ne era convinto, replicò che l'equilibrio internazionale si reggeva su una serie di regole che non potevano essere violate da nessuna nazione, altrimenti sarebbe crollato, trascinando il pianeta in una serie d'innumerevoli guerre locali e globali. Neanche questa ulteriore analisi ebbe effetto sulla ragazza che smise di ascoltarlo concentrando la sua attenzione sull'articolo che aveva già approfondito e che intendeva utilizzare come fonte per concludere la sua relazione. A Bruno non restò che ritornare al suo posto e riprendere la lettura del suo testo anche se in quel momento era l'ultima cosa che lo interessava.

Mentre rifletteva su quanto la ragazza gli aveva obiettato, si rese subito conto che quel conflitto, seppur ricco di spunti per diplomatici e cultori del diritto internazionale, per una studentessa del liceo o per un cittadino comune si traduceva nell'ennesima prova della stupidità umana: si era data la parola alle armi per risolvere una contesa che covava sotto la cenere fin dai tempi del colonialismo e che poteva essere risolta in mille altri modi.

Purtroppo, a farne le spese, erano state proprio quelle centinaia di ragazzi argentini e britannici che avevano perso la vita in un susseguirsi di sbarchi, battaglie navali, siluramenti e bombardamenti aerei che nonostante il progredire della tecnologia militare sembravano una coda di eventi bellici del secondo conflitto mondiale. In effetti, dopo appena trentasette anni dalla fine di quella sanguinosa guerra, appariva irrealistico che una nazione come il Regno Unito, che tanto aveva sofferto in quel frangente, muovesse il grosso della propria flotta per raggiungere quelle isole sperdute nell'altro emisfero per ributtare a mare, dopo sanguinosi combattimenti, quelle truppe argentine che avevano osato violare la sovranità di quelle isole.

Dopo una decina di minuti da quel suo improbabile approccio la ragazza si alzò bruscamente dalla sedia, raccolse le sue carte sparse sul tavolo riponendole nello zaino, si congedò con un cenno del capo dalle sue amiche e, senza riservare a Bruno né uno sguardo né un saluto, uscì da quel salone.

Bruno, sorpreso per la rapidità con cui si erano svolti i fatti e molto deluso per i risultati, si alzò dal tavolo e si avvicinò alla finestra. Aveva appena smesso di piovere ma qualche passante giù in strada teneva ancora l'ombrello aperto. Subito individuò la ragazza mentre camminava con passo svelto. D'improvviso si fermò sul ciglio del marciapiede opposto all'ingresso della biblioteca. Sembrava aspettasse qualcuno. Infatti, poco dopo, arrivò in motorino un ragazzo con i capelli molto corti, fradicio di pioggia. Si fermò vicino alla ragazza, aspettò che lei salisse sul sedile posteriore, diede subito gas allontanandosi velocemente da quel punto per essere inghiottito dal traffico che, a quell'ora, si era fatto ormai intenso.

Apparentemente Bruno dimenticò subito quell'episodio. In realtà, nei giorni successivi a quell'incontro, ogni volta che si trovava nella sala centrale della biblioteca, guardandosi intorno, sperava di ritrovarla seduta in qualche tavolo.

Dopo nemmeno un mese, rientrando nel salone da dove si era allontanato da un po' di tempo per consultare una sentenza appena pubblicata su di una rivista giuridica, ritrovò al suo stesso tavolo quella ragazza. Non se ne accorse subito, ma appena la riconobbe rimase ancora più colpito dalla sua bellezza. Era una giornata calda. La sua chioma era raccolta in una coda di cavallo che lasciava scoperta buona parte del viso esaltando i suoi lineamenti delicati e le labbra impreziosite da un colore di rossetto che catturava tutta la luce di quella stanza. Lei, nel ritrovarselo al suo stesso tavolo, non diede nessun apparente segno di ricordarlo o di rammentare quella conversazione che a Bruno ancora bruciava. Osservava il viso della ragazza sperando di incrociare il suo sguardo per poterle accennare un saluto ma lei, pur guardandosi intorno, non lo rivolgeva mai nella sua direzione. Notò che lei stava studiando su un testo di letteratura spagnola: con lei sedevano alcune sue amiche con le quali si consultava con frequenza. A un certo punto, cedendo alle insistenze di una di esse, aprì la sua agenda, era fitta di frasi scritte con pennarello verde, dopo averla sfogliata, estrasse delle foto che mostrò all'amica. Dalla sua posizione Bruno non poté fare a meno di osservarle: ritraevano un ragazzo con i capelli scuri con indosso la divisa bianca e il solino blu della marina militare, sullo sfondo di quell'immagine si scorgeva nitidamente il profilo sinistro delle bocche da fuoco di una nave da guerra. Ecco svelato l'arcano. Lei era dunque la ragazza di un marinaio imbarcato su qualche nave militare di stanza nella città. Bruno, da quel chiacchericcio tra ragazze, percepì che in quel momento, il marò in questione, si trovava impegnato in qualche esercitazione congiunta con altre marine della Nato. Lei era quindi emotivamente suggestionata da una guerra, seppur lontana, combattuta con cruente battaglie navali che istintivamente la preoccupavano. La Marina Militare Italiana era estranea a quel conflitto, tuttavia la suggestiva ipotesi di un coinvolgimento del suo ragazzo con la sua nave non le sembrava istintivamente così remoto. Mentre osservava quelle ragazze e ne ascoltava i dialoghi, notò che all'improvviso si erano accorte di quella sua attenzione poco discreta nei loro confronti, smisero di conversare tra loro, tutte e tre lo fissarono contemporaneamente. Lui con un sorriso imbarazzato chiese loro se avessero terminato la ricerca su quella guerra. Una delle tre, mentre la sua preferita lo osservava con uno sguardo indagatorio, rispose che l'avevano già consegnata alla professoressa e avevano anche preso un bel voto. Lui sussurrò: «Complimenti!», abbozzò un sorriso e dirottò il suo sguardo sul suo libro aperto sul tavolo, ormai gli mancava solo un esame, era meglio dargli sotto.

In copertina: "Allo specchio", acquerello di Maria Teresa Piantanida
(www.mitti.it)

Ogni riferimento a fatti, luoghi, persone e circostanze
è puramente casuale.